義と仁叢書 3

幡随院《ばんずいいん》長兵衛《ちょうべえ》

BANZUIIN CHOUBEE

平井晩村【著】

国書刊行会

まえがき

侠客の起源は江戸の「町奴《まちやっこ》」といわれています。

江戸初期の三代将軍家光の時代（一六二三―一六五一）も、島原の乱（一六三七―三八）が終わると、名実ともに天下太平の世となり、飛鳥山《あすかやま》の桜見物など江戸市中がにぎわいを見せます。このころ、旗本衆の一部が神祇組《じんぎぐみ》や白柄組《しらつかぐみ》などと称し、三河以来の将軍家直参を笠に着て、江戸市中を我が物顔で闊歩《かっぽ》し、町人や百姓に乱暴をはたらくようになりました。その代表が「旗本奴《はたもとやっこ》」白柄組の水野十郎左衛門です。

江戸市中の町人衆をかばい、旗本奴に立ち向かったのが「町奴」で、その代表が幡《ばん》随院長《ずいいんちょう》兵衛《べえ》です。自分の身を捨てても仁義を重んじる町奴の本分は、

「強きをくじき、弱きをたすく」というものです。ここに言う強きとは、無理難題を押しつける「旗本奴」など世の理不尽を総称し、弱きとは町人衆のことでした。

本書は平井晩村（一八八四―一九一九）の歴史小説の代表作です。幡随院長兵衛の生涯を生き生きと描いています。初版は大正八年三月に国民書院より刊行されました。このたびの現代文『幡随院長兵衛』の発行にあたり、左記のような編集上の補いをしました。

①旧漢字旧仮名遣いを新漢字新仮名遣いに改めました。
②表現も現代文に改め、差別用語に配慮しました。
③難字にはルビをふり、難解な言葉には（　）で意味を補足しました。
④小見出しの表現も、一部修正しました。

⑤末尾の水野十郎左衛門邸に単身で乗り込む長兵衛の姿と、壮絶な最後を一部補いました。
⑥新たに、各見出しごとに挿絵を描き、挿入しました。

平成二四年八月

国書刊行会

目次

装幀　志岐デザイン事務所

一　清貧の父と子

　赤城山に春の雲が浮かんで、やわらかな陽の光に桑の芽が出はじめるころになると、名物の空《から》っ風《かぜ》もおさまって、上州一帯には機《はた》を織《お》る音がのどかにひびく。渡良瀬《わたらせ》川《がわ》の河原に白々《しろじろ》と布を晒《さら》す小唄の合間に、桃の季節もすぎ今は桜がちらちらと匂い初めた卯月《うづき》（陰暦四月）上旬の桐生《きりゅう》の里では、宵祭《よいまつり》の餅に入れる蓬《よもぎ》を摘《つ》もうと、老いも若きものんびりと明るい野原を出歩いていた。

「伊太郎、伊太郎はどこへ参った」

父ひとり子ひとりのこの親子、肥前島原寺沢兵庫頭《ひぜんしまばらてらさわひょうごのかみ》の浪士、塚本《つかもと》伊織《いおり》のなれのはて知るものはなかった。親子は数年前からこのあばら屋で寺子屋を開き、幾ばくかの収入を得て家の裏を耕すという侘《わ》びしい暮らしを送っていた。主人にとっては、みはてぬ夢の本意《ほい》のなさが、しみじみと打ち嘆《なげ》かれた。

今日は寺子屋に村の童子《わらべ》もこなかったので、木の芽汗づく午後の陽に、主人の伊織は畑仕事で土まみれになった手のひらの土を洗いながら、井戸のそばから家の裏へ草履《ぞうり》を踏んだ。すると——ボンッボンッと烈《はげ》しい木太刀《きだち》の音に混じって、

「エイヤッ！」

と全身を使って発する少年の声が、がらんとした大竹藪《おおたけやぶ》の奥から朗《ほが》らかに聞こえてくる。

「ほう……また小手固《こてかた》めか……母はなくても子は育つ、健気《けなげ》なものじゃ」

まだ幼い五歳の秋の宵《よい》に、物言わぬ母の黒髪を指に捲きつつ、冷たい乳房に縋《すが》って泣いたのも昔の話で、幼さは見る影もなくなっていた。父のともをして漂泊《さすらい》の旅から

島原城をあとにする塚本伊織と伊太郎

旅へとつづけるうちに、伊太郎も一二歳の春を迎え背丈は五尺をこえている。侘《わび》住まいといえども武士の子という自覚をもち、太刀を振るう業《わざ》に磨きをかけ、父の指南を受けるとき以外は、明けても暮れてもうら藪《やぶ》の木々を相手に、ひたすら木太刀を打ち鳴らしているのであった。

伊織はわが子の成長に頬《ほほ》をゆるめ、藪影の小径《こみち》へ入っていった。父が近づいているとも知らぬ伊太郎は、稽古襦袢《じゅばん》に裾《すそ》が短い袴《はかま》をはいて、脇目もふらず椿の幹へ折れよとばかり木刀《ぼくとう》を打ち込んでいる。

「エイヤッ！」

という声に応じてゆさゆさと梢《こずえ》が揺れると、笠をつないだような真っ赤な椿の花がぼたぼたと落ちて、小鳥が思い思いに啼《な》きながら春静かな藪の陽に翼を鳴らした。

「伊太郎、精がでるなあ」

「父上、いつの間に……もう畑仕事を済まされましたか」

「おお、今日は祭りじゃ、そなたもほどほどにして休んだほうがよい」

「ありがとうございます。稽古をしまって、源三《げんぞう》から頼まれた凧《たこ》の絵を描いておいてやりましょう」

なにごとにも父の言葉に背《そむ》かない孝行者の伊太郎は、静かに鉢巻きを解いて額の汗をふいた。ふっくらと肉付きのよい色白の頬《ほほ》に若い清らかな血が仄《ほの》めいて、底深い光を包んだ大きな眼で、懐かしげに父の顔を見上げた。

父子《おやこ》は土間から家に入った。伊織は切り炉に柴を折って昼飯《ひるめし》の茶を沸かしはじめた。伊太郎は明るい障子の蔭《かげ》に欠け皿の絵の具を並べて、美濃紙六枚の紙凧の絵に筆を運んだ。伊太郎は器用な性《たち》で、うら藪の竹を割り、貧しき糊《のり》に紙をつないで紙凧を張って、村々の童子《わらべ》たちに分け与えては喜んでいた。

いくらかの謝礼を受けるのでもなく、また褒められたいという子供心からでもない、彼は生まれながらにして人の喜ぶ顔を見るのが何よりの楽しみであった。彼の手で作られた絵凧が、静かな村の菜の花の上を吹く風に、ふわふわと飛ばされるのを眺めて、低い地上に糸車を持つ子供たちの笑顔を瞼《まぶた》に浮かべては善根を施《ほどこ》した老人のように満足していた。このような伊太郎のふるまいを、父もなすがままに打ちまかせておいた。

「何とあたたかいではないか、茶を煮るだけで汗が吹き出してくる……」

「結構な日和《ひより》でございます。父上も西山あたりへお花見に行かれてはどうでござりますか。桜も咲いた様子で、今朝からは遊山《ゆさん》の衆もちらほらと見かけました」

「いや、俺よりもそなた、その絵凧を仕上げ、庄屋の倅《せがれ》へ届けながら一めぐりしてきなさい。……花よりも、月よりも、母が形見のそなたの成人を見るのが楽しみだ。そのほかに望みはない」

「お情け、もったいないことでございます。それならちょっとお暇《ひま》をいただきます」

父の前にあいさつを残して、伊太郎は狭い軒端《のきば》から草履《ぞうり》をはいて外へ出た。粗末《そまつ》な帯に好んで差す大小、絵の具も乾かぬ武者絵の凧を片手にもって、畦《あぜ》の土筆《つくし》を踏みながら庄屋の屋敷へむかった。

二　源三の挑発

山焼けのあとの広野《ひろの》に、春は雉《きじ》のほろろ打つ静かな眺め、おおかたは機《はた》を休んだ祭りの昼の野の宮に、狐の面をかぶった童子《わらべ》が、鳥居のかげの筵《むしろ》のうえに太鼓をたたいて踊り狂っていた。

「お師匠さんとこの伊太郎さんが通る」

「大きな絵凧、ここで揚げて遊ばないか」

道をふさいで面白《おもしろ》がるけれど、大人びた伊太郎は一緒になろうともしなかった。

「これは庄屋の源三《げんぞう》さんから頼まれたものだ。ここで飛ばすわけにはいかない。お前にも明日貼ってやる、いまはおとなしく遊んでいろ」

「そうか……源三さんは西山へ行くといって、いまさっきあっちへ行ったよ」

「それなら、俺も西山へ行こう」

伊太郎はそこから畦《あぜ》づたいに茶の木の畑を抜けて、小橋を渡って西山の裾《すそ》へ出た。

そこには二、三軒の掛茶屋があった。染め手拭《てぬぐ》いの暖簾《のれん》のかげに、赤前垂《あかまえだれ》の茶汲み娘もいた。

久しい冬のあいだ、霜照る月に狐の啼《な》いた雑木山に、深々と木の芽がこぼれて、繕《つくろ》わない桜の花が豊かに咲きつづいている。武家の少ない土地柄だけに絹商人《きぬあきんど》や大百姓の一家が花見に出かける。総じて華やかな眺めのなかに、見苦しい伊太郎の姿は人目を惹《ひ》いた。

「なんと。見事な骨格ではないか」

「わずか一三の前髪で、四斗俵《よんとだわら》を自由に持ちあげるそうじゃ」

「それでいて、たった一人の親御《おやご》を大切にする孝行者、お武家の胤《たね》は争われぬ、頼もしいことじゃ」

行《ゆ》きずりの人の噂話《うわさばなし》を気にも留《と》めず、伊太郎はずんずん西山へ登って行ったが源三の姿は見えなかった。

「はて、どこにいるのか……またいつもの力石だろうか」

つぶやきながら樹の根の道を山裏へまわる途中、手の届くばかりのところに低く枝《し》垂《だ》れた山桜に眼をつけた。

「さても見事の枝振り、父上への土産《みやげ》にしよう」

ぼきっと折って肩にかけるといそいそと足を早めた。峡谷《はざま》には鶯《うぐいす》が静かに鳴いて、土にこぼれる花もない梢《こずえ》の春は真っ盛りであった。

力石とは、西山の裏へ置かれた一抱えもある石で、腕自慢《うでじまん》の若い衆の茶呑話《ちゃのみばなし》に無

くてはならない名物のひとつで、

「誰か、この石を膝の高さまで持ち上げるものがいたら、草相撲の東の関に据《す》える」

といわれたものである。われもわれもと若い衆が名乗りをあげて挑戦するが、誰一人として転がしたものはいない。伊太郎は一度も力石に触れたことはなかった。

同じ桐生の里の庄屋源左衛門の息子源三は、伊太郎よりも三歳年上で、ずる賢く庄屋の小旦那という誇《ほこ》りがある上に、伊太郎と同じように立派な体格を持っていた。源三は負けん気が強いため、伊太郎よりも先に力石を持ち上げようと暇《ひま》を見つけては力石へ通って四股《しこ》を踏んでいた。

源三は何かにつけて年少の伊太郎に自分が及ばないことを意趣《いしゅ》（恨《うら》み）に持ち、村の童子《わらべ》たちを配下につけて伊太郎に喧嘩腰《けんかごし》で言葉を売るが、伊太郎は軽く受け流して争うことをしなかった。これも父伊織の、

「ボロを着ていても武士の果て、百姓の子供たちと力比べなどしてはならない。武士は堪忍《かんにん》が大切。堪忍袋の緒を切るときは、すなわち相手の命を断《た》つのだ。……けっして眼をむくな、口をとがらすな」

という教訓を胸に抱いていたからである。しかし、伊太郎が相手にしなければしないほど、源三の挑発は増していった。

伊太郎が手にしている絵凧は、源三が押しつけた無理難題のひとつであった。祭りが迫った日に、

「なぜ、百姓の子供には絵凧を作ってやるのに俺にはくれないのだ。俺を毛嫌いしているのか。俺にも祭りの日までに絵凧を作ってくれ」

と源三が言ってきたのを伊太郎が承知し、その期日に遅れないため、わざわざ届けに出てきたのであった。

やがて伊太郎が力石に近づくと、上半身をさらけ出し、

「エイッ、ヤッ」

と力石を汗まみれになって押している源三の姿があった。力石は地面に根付いているかのように少しも動かなかった。その必死の形相《ぎょうそう》がかえって滑稽《こっけい》に見えて、伊太郎は思わず声をあげて笑ってしまった。その笑い声で我《われ》にかえった源三に伊太郎が、

「源三さん、約束の紙凧を持ってきたぞ」

と声をかけると源三は、

「伊太郎か」

と隠しごとを見られたかのように憎々《にくにく》しげに眉をひそめ、手のひらについた土をはらった。

「どれ、絵凧をみせろ……地味な絵だな」

「俺の家には絵の具がない。これで我慢《がまん》しておいてくれ」

「ふうん。絵の具がない？　なぜ買わない。……銭《ぜに》がないのか」

丁寧《ていねい》に作った凧に対する礼の言葉もなく悪口を浴びせかける源三に、伊太郎は一瞬ぎらりと眼を光らせたが、心を落ち着かせて黙っていた。

「伊太郎、なぜ黙っている。絵の具を買う銭がないのか、と聞いているのだ」

「無い！　絵の具を買う銭はないが、刀がある、槍がある、武士の家に絵の具は無くても恥ではない」

「小賢《こざか》しいことをぬかすな。役にも立たぬ錆槍《さびやり》に赤鰯《あかいわし》（赤く錆びた鈍刀）など、世に出る望みもない浪人暮らしの竈《かまど》の下へくべてしまえ。……そんな地味な凧欲しくもない、さっさと持って帰れ」

「要らないなら無理にもらってくれなくて結構、ほかにこの凧を欲しがる子供はたくさんいる」

そう言って絵凧を手に立ち去ろうとすると、

「待て、伊太郎……待て」

と源三はしつこく呼び止めた。

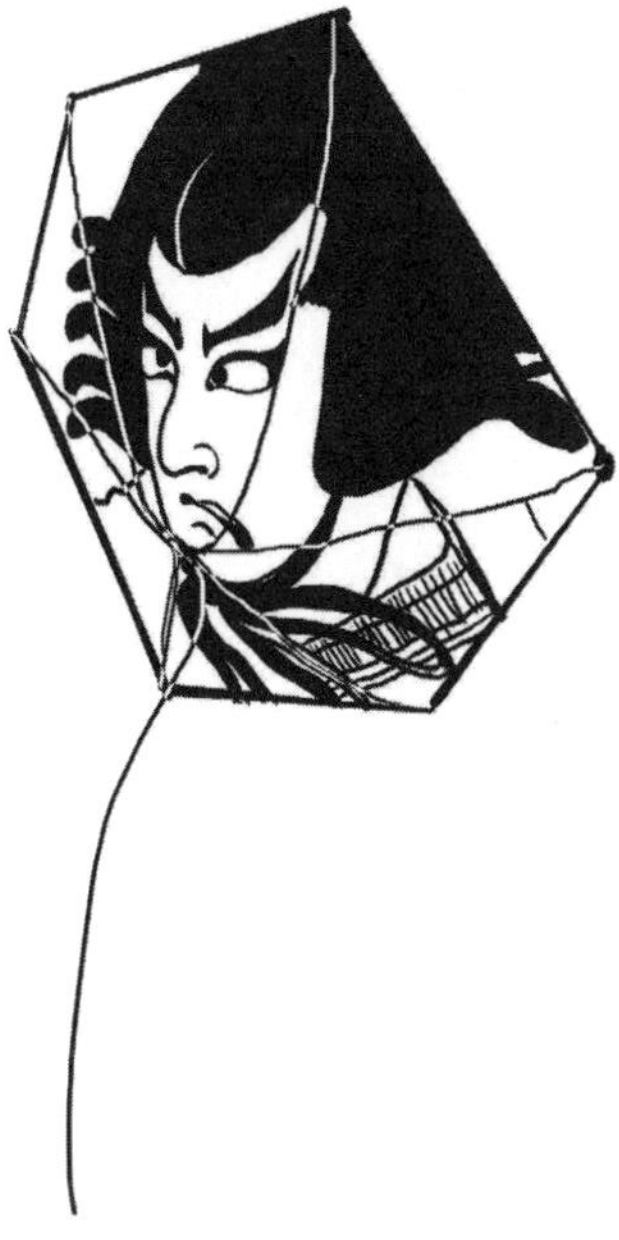

三　貧しくとも武士だ

「何だ、まだ用があるのか」

「さっき俺が力石を押しているのを見て、貴様は笑いながらここへ来た。さあ、そのわけを言え」

「わけなどない。おかしいから笑った」

「おかしい……何でおかしい」

拳《こぶし》を固めて詰め寄ってきた源三の顔は、怒りと恥ずかしさで真っ赤に燃えていた。

いきり立つ源三を正面に、伊太郎は心静かに受け答えた。

「それしきの石を動かそうとして、大汗をかきながらウンウンうなっている様子がおかしいから笑った。それが悪いか」

「エエイッ、おのれ！　そこまでいうか。貴様に動かせるのか」

「簡単なことだ」

「確かだな。もしも動かなかったらどのようにして詫《わ》びる」

「首をやる。二つとないこの首を……」

そう言い終わると、紙凧と桜の一枝をそばに置いて、伊太郎は首筋を手のひらでぴしゃぴしゃと叩いて見せた。その落ち着き払った態度と自信に満ちた顔に、子供のあどけなさの影は無かった。

「そのかわり、もし俺がこの石を持ち上げたら、お前は何をくれるのだ」

「何でもやる」

「そうか。ではその髷《まげ》を剪《き》ってもらおう。そしてお前は坊主になれ」

伊太郎に翻弄《ほんろう》され続けた源三は怒りに身を震わせ、常に腰から離さない自慢の脇差の鍔《つば》を叩いて、右手で柄《つか》を握って答えた。

「なる。坊主にでもなんでもなってやる……そのかわり、動かなかったらその首をもらうぞ」

――静まりかえった裏山を通る人もなく、風の音のほかには、はるかに遠く麓《ふもと》へ下る三味線の歌が途切れ途切れに聞こえてくるだけだった。――源三と伊太郎はにらみ合った。互いに今日こそは日頃の恨みを晴らそうと意気込んで殺気立っていた。

「早くしろ、伊太郎！」

「今するわ、だまって見ていろ」

伊太郎は素袷《すあわせ》の肌着を脱ぎ、上半身裸になった。――小気味《こきみ》よく肉付いた広い肩、羽二重《はぶたえ》を伸ばしたのような細《こま》やかな肌を、明るい木々の梢《こずえ》を通る春風が掠《かす》めていった。

伊太郎の両手は力石にかかった。朱《しゅ》の唇を一文字に引き結び、

「ううむ」

と唸《うな》って二度三度、身を揺《ゆ》するうちに、伊太郎の肌は雪解けの下に花を見るように赤くなっていった。

「動くのか、やいっ、その様《ざま》で……」

と、まさか動くとは思っていない源三の舌の根が乾かないうちに、力石の根土の草が揺れてきた。

「やや、動いた！」

あっけにとられてうろたえる源三が見ている間に、力石はぐらぐらと左右に揺れて、間もなく、

「エイヤッ」

の声とともに伊太郎の膝の高さまで持ち上げられた。伊太郎は、

「これでよいか！」

と言って、力石をドシンと投げ落とすと、ホッと息をついて仁王立ちになった。

「さあ、約束だ。髷《まげ》を剪《き》って坊主になれ」

「勘弁《かんべん》してくれ！　あれは冗談だ」

「髷を剪るのがいやならば、両手をついて詫《わ》びをしろ」

「両手をつけ……と。生意気なことを言うな。俺の家は庄屋だぞ。貴様ら親子は村の厄介者《やっかいもの》だ」

「黙れ、黙れ。貧しくとも武士、刀に懸《か》けての約束を冗談とは言い逃れさせないぞ。ぐずぐずするなら、俺の手で髷を剪るぞ」

伊太郎の刀は、鞘《さや》は剝《は》げても正真正銘の業物《わざもの》、腰を捻《ひね》って抜こうとする仕草に、源三はうしろへ飛び下がってぴたりと大地へ両手をついた。

「謝《あやま》る、俺が悪かった」

こうされると伊太郎は源三を気の毒に思った。親の光を笠に着て、村を荒らしまわる小旦那源三が、額《ひたい》を土に擦《す》りつけて詫び入るのを見ると、さらなる追い打ちをかけたりするには忍びなかった。

「詫びるなら堪忍《かんにん》しよう。……せっかく張ってきたこの紙凧、機嫌よくもらってくれるか」

「済まなかった。紙凧はもらって帰る」

「それなら一緒に麓《ふもと》へ出よう」

伊太郎は布子《ぬのこ》に肌を入れて、桜の一枝を肩に担《かつ》いだ。源三も衣紋《えもん》を直し、武者絵の紙凧を片手にさげて一歩遅れて力石のそばを離れた。伊太郎は今の争いを忘れたように気軽に話しかけたが、源三は面目《めんぼく》ないのか、ろくに返事もしなかった。

二人は帯のような狭い道を前後して歩んだが、常に伊太郎は先に立っていた――あたりはツツジの花であふれ、ときおり山吹の黄色やボケの紅が陽に蒸されるように咲き続いていた。

伊太郎は早く家に帰って土産の山桜を父の前に置こうと考えつつ足を進めた。一方、源三は黙々と後につづいたが途中まで来ると、伏し目がちに顔をもたげてそっと道の前後を見回した——源三の眼が鋭くなり、歩きながら彼の手は脇差の柄《つか》にかかった。

四　源三を殺し、江戸へ

「伊太郎、今日のことは誰にも告げてくれるな」

「言わない。あんな無益《むえき》な力比べ、もし父上の耳に入ればお叱《しか》りを受けねばならなくなる」

物心つく頃から、父の手ひとつで育てられた伊太郎は、嬉しいときも悲しいときも、父を思う心が深かった。ささいな意地の張り合いから力石を持ち上げたことも、父の教えに背《そむ》いたように思われて胸が晴れなかった。

伊太郎が崖端《がけばし》の狭い道を曲がろうとした瞬間、鋭い太刀風《たちかぜ》が稲妻《いなずま》のように頭上に

源三と伊太郎の喧嘩

閃《ひらめ》いた。あっと思って身をかわすと、肩に担《かつ》いでいた桜の枝が切り落とされ、花が空に散った。

「卑怯《ひきょう》だぞ、源三！」

ふり返りさま太刀を抜くと、抜刀《ぬきみ》を手にしたまま今来た道を源三が逃げ戻っていく姿が目に入った。伊太郎は目前の敵をそのままにしておく考えも余裕もなく、歯ぎしりしながら源三を追いかけた。

一心不乱《いっしんふらん》に逃げまどう源三は、木の根に足を取られて二丈（約六メートル）あまりの崖下へわめくような悲鳴とともに転《ころ》げ落ちた。伊太郎がその崖へ降りていったとき、すでに源三は岩に頭をぶつけて血まみれになり、息も絶え絶えに喘《あえ》いでいた。

「ああ、これは死んだか」

伊太郎は振り上げた太刀の当て場もなく、しばらく苦しむ源三のそばに立ちつくしていた。やがて思い直し刀を鞘《さや》に納め、静かになった源三の唇に片手を当ててみた。

無惨《むざん》にも息は絶え、手足の爪が紫色に変色してきた。

自業自得《じごうじとく》とはいえ、源三は庄屋の一粒種《ひとつぶだね》、死なせたとあってはただではすまない。

伊太郎は一目散《いちもくさん》に西山から我が家へ駆け戻った。

「慌《あわただ》しい。どうかしたのか。……ただならない様子、間違いでもおこしたのか」

机の上に読みさしの本を伏《ふ》せた父の伊織は、縁先《えんさき》にかしこまったわが子を見た。

「はい。思わぬ行き違いから源三を殺して参りました。……お許し下さいませ。悪いことをいたしました」

「そうか……武士の意気地《いくじ》、事の成り行きによっては誰を討ち果たすとも咎《とが》めはしない。相手はあの源三か、よい噂《うわさ》を聞いたことがない者だ。まず心を静めてわけを言いなさい」

伊織はさすがに武士であった。手に鋤鍬《すきくわ》は握りながらも、心に露《つゆ》ほどの曇りもなかった。自分の余生を安らかに過ごすために、わが子の正しい振る舞いを叱《しか》ろうとはしなかった。それればかりでなく、自分の皺腹《しわばら》掻《か》き裂《さ》いたとしても正しいことをしたわが子を守ろうとした。

世は徳川もまだ三代、気荒な沙汰《さた》に血をなめる戦いの記憶も残る武士の道。死活のほかに名を惜《お》しむ分別からは、かえって伊太郎の凜々《りり》しい処置が頼もしく、それを喜んだ。伊太郎から事の顚末《てんまつ》を聞き終わった伊織は、はらりと思案の腕を解いてぽんと膝を打った。

「でかした。心配はない。……それほどの無理難題は捨て置くべきではない。しかし庄屋の源左衛門は、一人息子への執着から恨《うら》みを私たちに向けてくるのは必至。いっそのこと今からお前と一緒に家を捨てよう。その準備をしよう」

「父上、家を捨てるとは?」

「江戸へ上《のぼ》るのだ。当所を立《た》ち退《の》くのだ」

「申し訳ございません。ご苦労をかけて済みません」

「そのような遠慮はいらない。しかし伊太郎、お前は源三の死骸《しがい》にとどめを刺すのを忘れていないだろうな」

伊太郎はハッと息が詰まってうつむいた。

「取り急いでしまい、とどめは刺していません」

「馬鹿者め、それしきのことで肝《きも》を縮めるようで男になれるか、武士になれるか。もしかしたら途中で追っ手に囲まれるかもしれないが、きっととどめは刺さなければならない。……さあ、父が一緒に行く。西山へ行こう」

武士道の前には少しの失敗も許さない一徹《いってつ》な父に促《うなが》されて西山へ駆けつけると、源三の死骸はそのままであった。伊太郎は臆《おく》せず一刀を引き抜いてとどめを刺した。

「今後のこともあることだ。人を仕留めるときの作法は忘れてはいけない」

父子はその場から姿をくらました。

宵を灯《とも》さない板戸の蔭に主なき文机の寂しさ。なよなよと野路に暮れた夜風の空を紫の星は照らして、追っ手が来るのを気づかいながら二個の笠はひたすらに江戸へ急いだ。

後の幡随院《ばんずいいん》長兵衛《ちょうべえ》である伊太郎は、こうして大江戸の土を踏んだのであった。

五　落首を読み解く

「何じゃ何じゃ。落首《らくしゅ》（諷刺《ふうし》・批判の意をこめた匿名《とくめい》の戯歌《ざれうた》）じゃと……」

「御大老御門の扉へ、ぴたりと貼ったとは、類のない強《したた》かな手際《てぎわ》じゃ」

「どれどれ。まったく意味がわからない。……座頭《ざとう》（盲人）の足に五寸釘、どういう意味じゃろう？」

ときは早朝、場所は桜田御門内。武家も、町人も、女も、男も、通りすがりの物見高い江戸の衆が足を止めて首をかしげている。

　——千代田のお城は白々と櫓《やぐら》を組んで、お濠《ほり》の柳がなよなよと晴れゆく霧の大路小路に人影も少ないころを歩み寄った誰かが、時の大老酒井讃岐守《さぬきのかみ》の御屋敷の門前に鼻を並べ、あれこれと下馬評をする判《はん》じ絵《え》はどんな意味なのか。

　それはなぐり書きの達者な筆跡で、大きく書いた座頭の絵であった。痩《や》せた脛《すね》には五寸釘が二本がっしりと打ち込まれている。

「わかった！」

　こうした洒落《しゃれ》には頼まれもしないで知恵を絞《しぼ》って嬉しがる江戸の人々でも、と声をあげる者もなく、大老の門前という場所柄、ただ遠慮がちに首を捻《ひね》るばかりであった。

「やあ、おもしろい判じ絵だな」

　群衆の中から、あどけない声でこうつぶやいた者がいた。

「おや小僧。おもしろいって言うが、お前はこの絵の謎が解けたのかい」

鼻柱《はなばしら》の強そうな鳶《とび》の者からにらみつけられた小僧は、臆面《おくめん》もなくにっこり笑って、

「わからないわけないじゃないか……これくらいの謎が解けなきゃ、赤い血がまわっている人間じゃないぜ」

と、絵の前へずいと進んだ。

――一四か一五の年頃、大きな体格にもどこか幼さが残り、涼しい瞳に張りを持っている。鼻は高く、引き締まった口許《くちもと》という品のよい顔立ちには不釣り合いな天秤《てんびん》空《あ》き籠《かご》を提《さ》げ、尻切れの襦袢《じゅばん》に三尺帯を前結びにして草鞋《ぞうり》のひもを素足にしっかりと結んでいた。

「やいやい、利《き》いた風なことをぬかすな。これだけ目鼻のそろった人足《にんそく》があつまっても判らねえのに、お前に先を越されてたまるもんか。引っ込んでろい！」

「何も俺ら出しゃばりはしねぇ。……ただ、わかったから、わかったと言ったんだ」

「わかった！　そこまで言うなら、よし、言ってみろ」

「教えてあげようか」

「教える……だと。この小僧、途方《とほう》もねえ奴《やつ》だな。赤子じゃあるめえし、お前に教わらなくたって……」

「それならおじさん、わかったのかい？」

「わからねえから考えているんだ。忌々《いまいま》しいことを言いやがる」

大人が年端《としは》もいかない子供に対し、まじめになって繰り広げる押し問答のおかしさに、群衆は眼と耳を器用に使ってその成り行きに興味をもった。

「いいかい、おじさん。……この判じ絵の意味はこうだ。上の方が盲目《もうもく》だろう」

「わかりきったことを言うな。お前に講釈《こうしゃく》されなくても、座頭の意味ぐらいわかってらぁ」

「脚《あし》は下だぜ。その脚に釘を打たれたら痛いでしょう」

「当たり前よ。脚へ釘を打たれて痛くねえ代物《しろもの》があってたまるかい」

「おじさん、まだわからないのか」

「なにっ！　人を馬鹿にしやがると、承知しねえぞ」

頭に血が上《のぼ》った鳶《とび》の者は拳《こぶし》を小僧の頬《ほほ》めがけて振り飛ばすと、小僧は身軽にひらりとかわしてその手首を押さえた。そして、にっこり笑いながら、

「上《かみ》が盲目《もうもく》で下《しも》も痛む……だいたいそんなことだと思うよ」

と少しも狼狽《うろた》えることなく大人をあしらう小僧の態度に、群衆はわあっと声をあげた。

「えらいぞ、小僧！」

「恐れ入ったな。年端《としは》もゆかぬが感心なものだ」

褒《ほ》めそやされても嬉しそうな顔もせず、小僧は天秤をかついでその場を後にした。

群衆の中に、すたすたと歩みゆく小僧の後ろ姿に感心して見入る武家の主従がい

落首を見あげる人々と伊太郎

た。小僧が解き明かしたように、その昔、大老酒井讃岐守の執政が失敗し、下々の生活が困窮したことは事実であった。その当時を知るはずもない少年が、さらりと判《はん》じ絵《え》の謎を解いた知恵は頼もしいものであった。その上、大人相手にも動じない堂々とした態度に惹《ひ》かれるものがあった。居合わせた武士が小僧のあとについて行った。濠《ほり》に沿って神田へ抜ける榎《えのき》の側にある八百屋へと小僧は入っていった。その武家は二軒隣の茶店《ちゃみせ》が開店の準備をしているところへ、

「許せ」

と言って入った。腰を下ろすとお供の奴《やっこ》をせき立てて、

「あそこの八百屋の小僧を、ちょっとここへ呼んで参れ。手間は取らせないからと」

そう言うと自分は長椅子に腰を下ろし、煙草盆《たばこぼん》を引き寄せた。親しみのある表情をたたえた立派な武家の名は、本多中務大輔《ほんだなかつかさたいふ》家桜井庄右衛門《けさくらいしょうえもん》。今朝は所用で出かけようとした際、はからずも大老邸前の人垣の後方に足を止めたのであった。

六　武家の人情

「そうか。話を聞いてその方の素性がさらりと読めた。……しかし、いつまでも八百屋奉公を続けるつもりでもあるまい。八百屋の主人久兵衛《きゅうべえ》とやらには、当方より掛け合うことによって事を済ませよう。わしの屋敷へ来ないか、どうじゃ」

「ありがとうございます。……お庭掃除でもなんでもやります。お草履《ぞうり》も摑《つか》みます。どうぞお連れになって下さいませ」

「よしよし。それでは今宵《こよい》にでもここにいる平内《へいない》を迎えに遣わそう。外出することなく待っておれ。わしは本多中務大輔《ほんだなかつかさたいふ》様御内、桜井庄右衛門《さくらいしょうえもん》じゃ。忘れるなよ」

「忘れません。この御恩、いつまでも忘れはいたしません」

庄右衛門主従は茶代を置いて茶店をあとにした。

小僧は世にも嬉しげに、眼に喜びをたたえて、新しい旦那をしばらくのあいだ見送った。

この小僧こそ、庄屋の一人息子の源三を殺して桐生《きりゅう》の里から立ち去った伊太郎である。しかしながら、いくら貧しくても両刀を離さない浪士の息子である伊太郎が、なぜ慣れない天秤《てんびん》に肩を痛めなくてはならないほど落ちぶれたのか。江戸へ上《のぼ》ってわずか一年、伊太郎の短い袖《そで》は幾度となく涙に濡《ぬ》れたことだろうか。

伊太郎は父の伊織と江戸の土を踏むと間もなく、わずかな蓄えを持った父とともに、芝は源助町《げんすけちょう》の八百屋久兵衛の家に身を寄せた。秋の終わりころから、枕に臥《ふ》した父の病気が日に日に悪くなり、伊太郎は息を引き取る前に枕辺《まくらべ》近くへ呼ばれた。

そこには蠟色鞘《ろいろざや》の一腰《ひとこし》が置かれていた。父伊織は伊太郎の顔を見ると力を振りしぼるように口を開きはじめた。

「作は来国光《らいくにみつ》、二尺八寸乱れ焼の業物《わざもの》。それに御先祖代々の御霊《みたま》が籠《こ》められている。このほかにそちに譲《ゆず》るものもない。……幼きころに母と別れ、今はまた父と別れる。心苦しく不憫《ふびん》だと思うが、天命《てんめい》は致し方ない。……塚本の家の名、邪《よこしま》に与《くみ》しなかった父の志《こころざし》、肝に沁《し》みさせて忘れるな。……武士になれとは言わない。町人に身を落としたとしても、真心の光を曇らせることなく、人の道を踏み外さなければそれでよい。……男になれ、伊太郎。母もろとも草葉《くさば》の陰《かげ》で見守っているぞ」

涙をこらえた伊太郎は、

「命の限り、御教訓を胸に刻んでおきます」

と言うのがやっとであった。

父の葬儀は簡素なもので、野辺《のべ》送りを済ませると、久兵衛夫婦は身寄りのない伊太郎を持て余した。父の生前は、

「若様《わかさま》」

と呼んでいた同じその口から、使い歩きの用事を頼むことからはじまって、三ヶ月、半年と月日が経《た》つのにつれて、世の中の小僧と同じように市場へ菜籠《なかご》をかつがせるようになった。

それでも伊太郎は辛抱《しんぼう》していた。通りすがりに町道場を覗《のぞ》いては叱《しか》られ、一日の雑事を終え、くたびれて床についても眠れない夜には、父から譲られた圀光《くにみつ》の鞘《さや》を払って惚《ほ》れ惚《ぼ》れと見入った。そして、

「俺は男になる。男の中の男になる」

と何度も口にして長い夜を耐《た》えた。そのように念願をじっとおさえて天秤をかついでいた矢先に、偶然のことから桜井庄右衛門に拾われることになったのである。

庄右衛門と出会った夜のうちに伊太郎は八百屋久兵衛の家を引き払って、本郷台の桜井邸へ移った。すぐに若殿である庄之助付きの奴《やっこ》を言い渡され、用人若党《わかとう》（武家奉公人の最上位）に引き合わされた。

こうして三年の月日が流れた。伊太郎は庄之助のお供《とも》として小石川白山下の石川巌《いしかわがん》龍《りゅう》の道場へ通ううちに、破格の取り立てに道場の床を踏むことも許され稽古《けいこ》に励み、やがて道場の高弟《こうてい》ですら、三回に一回勝てるかどうかというほどに上達した。

前髪を剃《そ》って、今は常平《つねへい》と名乗っていた。六尺の軒に髷先《まげさき》の届きそうなほど立派な体格で、負けん気の強さを全身にみなぎらせて放つ一刀流の竹刀《しない》の下には、千石の武士、五百石の若殿ですら首を縮めるほどであった。大先生である巌龍までが、

「常平は不思議なやつだ。教えたり習ったりしても、彼ほど技を自分のものにできる者はいない。徳川八百万石のお膝下《ひざもと》にも、常平に必勝できる武芸者は一〇人もいな

石川巌龍道場での稽古

いだろう」

と言って推賞《すいしょう》した。

それもそのはず、常平の太刀は家禄《かろく》を飾る表道具ではなかった。まして弱い者をいじめる脅《おど》し道具でもなかった。ただひたすらに太刀先《たちさき》に一念を籠《こ》め、生死の境《さかい》に男を磨き、潔《いさぎよ》い名を心がけるという信念だけであった。このほかには、富も家禄も酒も女も頭の中に無かった。――武士は要領よく生きのびるよりも、潔く死ぬことを名誉とする。

この極意を胸に、常平はどのような場合でも意気地《いくじ》を持つことができた。圀光の一腰《ひとこし》に塵《ちり》ほどの曇りも見せない常平の生き様《ざま》が評判を呼び、石川道場における常平の人気は日増しに大きくなり、やがて桜井父子の肩身を広くするまでに大きくなっていったのである。

七　蹴鞠《けまり》が隣家に

「常平《つねへい》、庭に出て蹴鞠をしないか。……父上はお留守じゃ。いまのうちにやろう、相手をしろ」

「しかし若様、その蹴鞠は大旦那様の御秘蔵《ごひぞう》の品、土をつけて汚してしまっては大事《おおごと》ではないでしょうか」

「なに、……父上もこの庭でこの鞠《まり》を使っているのだ。わしが使っても叱《しか》られるはずはない。さあ、やろう」

梅の花が終わるとともに白い霜も消え、いつのまにか春も弥生《やよい》中旬になっていた。

日差しが暖かい庭に出て桜井庄右衛門の息子庄之助は、常平を相手に蹴鞠遊びに夢中になっていた。歌舞伎《かぶき》役者のように色白な庄之助の頬《ほほ》にうららかな春の陽が映り、庭木の花を渡る風が羽二重《はぶたえ》の小袖《こそで》のあいだを吹き抜けた。その前面に立って相手をする常平の顔にも、楽しげな笑顔があふれた。

「あっ、しまった」

庄之助が驚きの声をあげたとき、すでに鞠は垣根を越えて隣屋敷の奥庭へ飛んでいってしまった。

「困ったことになった。よりにもよって彦坂《ひこさか》殿のお屋敷へ鞠を蹴込んでしまうとは」

「私がいただいて参りましょう」

「待て……普段から父上に不満を持つ人。さらには頑固一徹な彦坂殿だ、そう簡単には渡さないだろう」

「そのご心配には及びません。弘法《こうぼう》にも筆の誤りといいます。誰にでも間違いはあ

蹴鞠で遊ぶ桜井庄之助と常平

蹴鞠が隣家の彦坂善八の顔に

るものです」

そう言って笑うと常平は気軽に襟《えり》を繕《つくろ》って隣の彦坂善八《ひこさかぜんはち》の屋敷へ出かけていった。庄之助が心配したとおり、簡単には鞠を返してくれなかった。


常平が両手を揉《も》んで庭木戸をくぐると、そこには主人の善八が縁先に腰をかけて苦々《にがにが》しい表情をして座っていた。常平の姿を見つけると、

「下郎《げろう》、ここへ来い。さっさと来い！」

と声を荒げた。本多侯佐分利槍術《ほんだこうさぶりそうじゅつ》の指南役である気荒な善八は、緋緞子《ひどんす》の裏をつけた紙子羽織《かみこはおり》の裾《すそ》を短くし、怒りに満ちた眼で常平を睨《にら》んでいた。


その左右には内弟子《うちでし》が二、三人、蒔絵《まきえ》の煙草盆、茶器などが並んでいるところを見ると、庭の桜を楽しんでいた様子であった。

「下郎。そこにある鞠は誰が蹴込んだのだ。武士がもつなどとんでもない蹴鞠、お

そらく庄右衛門のものだな。……さらに悪いことに拙者《せっしゃ》の顔にぶつかったのだぞ」

常平は落ち着いた口調で、

「それはまことに申し訳ございません。旦那様は外出中です。悪いこととは知りながら、ついつい私たち下郎どもが悪戯心《いたずらごころ》を興《おこ》しまして……」

「黙れ！　貴様に鞠など似てもにつかんもの。庄右衛門が不在であるなら、庄之助が蹴込んだのだろう。ここへ連れてこい。庄之助をここへ連れてこい」

「若様は朝から読書中でございます」

「そうであっても、下郎の失態《しったい》は主人の不注意であるぞ」

「そこまでのお怒り、ごもっともとは思いますが、私どもの手落ちから旦那様の名に差し障《さわ》ることがあってはかないません。私へ存分《ぞんぶん》に罰を与えることでお慈悲《じひ》をいただき、鞠を返していただけないでしょうか」

「存分にとな、わははははは。健気《けなげ》な口上《こうじょう》じゃ。貴様は白山あたりの町道場で竹刀の持ち方を習ったと聞くが、その腕を頼りに大口を叩くのか。小賢《こざか》しい、罰などと……

こうしてくれるわ」

そう言うと善八はつかつかと常平へ歩み寄り、両手を土についた常平の肩に庭下駄でぐいっと踏みつけた。

「エイッ、どうだ！　こたえたか」

続けざまに頬《ほほ》を蹴り飛ばされた常平は、

「ううむ……」

と唸りながらも善八を睨《にら》みつけた。

「なんじゃその眼は！　拙者を睨むのか。その固めた拳《こぶし》に何を摑《つか》む？」

「罰はお済みでございますか？　鞠を返していただけませんか」

「もう済んだ。鞠は返そう。しかし、今後このようなことがないように、武家には用がない品、こうしてくれる」

善八は傍《そば》にあった鞠を手に取ると、小柄《こづか》を抜いて鞠を刺し貫き、ほらよとばかりに常平の面前に投げ返した。その様子を見た内弟子は声を合わせて笑った。

「や、や、この鞠は……」

キッと善八を視線にとらえた常平の表情は、みるみるうちに殺気に満ちたものになった。事を荒立てないように鞠を返してもらおうと辛抱した甲斐《かい》もなく、鞠は見るも無惨《むざん》なこのありさまに、堪忍袋《かんにんぶくろ》の緒が切れた。臆面《おくめん》もなく善八を見上げた常平の眉はつり上がった。

「手前どもの落ち度とはいえ、あまりな仕打ち……」

「何をっ、貴様！」

「散々土足にかけた上に、鞠にまでこのような仕打ちをするとは。もう頼まん。膝も折らんぞ」

すっくと立ち上がった常平の左右にばらばらと門弟どもが詰めかけた。

「貴様！　無礼《ぶれい》だぞ」

「エエイッ、騒ぐな。何をする」

「下がれ、下がれ。その鞠を持って、とっとと帰れ」

「いや、今は受け取らない。その腕を離せっ」

門弟どもが押さえた腕を振ると、門弟どもはよろめいて倒れた。そのあいだに常平は庭木戸を出て桜井の屋敷へ戻った。

八　真剣勝負

常平《つねへい》が屋敷へ入ると、庄右衛門が戻っていて隣屋敷への対応に悩んでいた。常平は善八の屋敷で起こったことを詳細に語り、お暇頂戴《ひまちょうだい》の儀を願い出た。桜井父子は常平を引き留めようとしたが、常平はすぐさま彦坂の屋敷へ命を捨てに行くといって一向に聞き入れなかった。

そこまで言うのならと庄右衛門は水盃《みずさかずき》を酌《く》み交《か》わした。そこへ彦坂の屋敷から門弟がやってきて烈《はげ》しい談判《だんぱん》が持ち込まれた。

「不埒《ふらち》な下郎《げろう》よ、先生が直々《じきじき》に御成敗する。引き渡せ」

「迎えがなくとも、今行くところじゃ。狼狽《うろた》えずに、槍の錆《さ》びでも拭いておけ」

使いの門弟にそう言い放つと常平は部屋に戻って荷物を解いた。亡き父の形見の小袖、五つ紋の黒羽二重を着るとその上から稽古袴、来国光《らいくにみつ》の一刀に小刀を差し添えると、玄関の脇に丁寧《ていねい》に腰をかがめ足下《あしもと》を固めた。

「相手は槍術《そうじゅつ》自慢の達者、さらには門弟も引き添えている。早まって不覚《ふかく》を取ることはしないぞ」

と心を静めて自分に言いきかせた。

その後ろ姿を見つめ、万が一にも生きて帰ることはあるまいと涙をかくしながら見送る庄右衛門のかたわらには、庄之助が事のきっかけをつくった自分を責めつつ立っていた。そして気の毒そうに声をかけた、

「もう、行くのか」

「旦那様、若様。心配はいりません。たかだかこの命ひとつ捨てれば済むことで

す。無闇《むやみ》に槍に突かれることはいたしません」

そう言い残すと片頬に笑みを残して隣屋敷へ駆け込んだ。

常平の鮮《あざ》やかな出立ちに、彦坂邸の若党や門弟たちは目を見張った。

「先生がお待ちかねである。庭へ回れ」

「貴様ら、騒ぐな」

キッと睨《にら》みつける常平の気迫《きはく》に、門弟たちは石のように固まってしまった。その中を常平は少しも恐れることなく庭木戸に歩み寄り足で蹴飛《けと》ばした。

九尺ほどもある大身の槍を小脇に抱え庭先に立つ善八は、常平の登場を待ちかまえていた。

「ようやく来たな下郎め。大袈裟《おおげさ》な死装束《しにしょうぞく》だ、庄右衛門からもらってきたのか」

「黙れ、彦坂！　命を懸《か》けた真剣勝負に主人持ちでは働きにくい。今日限りで暇《ひま》をもらって一本立ちじゃ。島原浪人塚本伊太郎、どこからでも突いて来い」

「わははははは。出来すぎた引かれ者の小唄《こうた》……この槍が目に入らぬか、蜻蛉《とんぼ》さしの篠竿《しのさお》とは違うぞ」

片手に穂先を突き出してひらひらさせる侮《あなど》った振る舞いに、常平は一歩下がると一刀の鞘《さや》を払って青眼《せいがん》に構えた。

「伝来の圀光《くにみつ》、俺の手に入ってから人間を斬《き》るのは初めてだ……覚悟しろ」

「小癪《こしゃく》なことをぬかしおって」

槍一本に家禄《かろく》を受ける彦坂善八は、全身に怒りを発して唇を一文字に結んで槍を構えた。

風が真昼の空に動くと、うっすらと汗が吹き出すように桜の花が白刃《しらは》を掠《かす》めて舞い落ちた。庭木戸の出口を固めた門弟たちも、瞬《まばた》きもせずに固唾《かたず》を呑《の》んだ。

常平の広い額《ひたい》は陽に輝き、善八の小鼻には脂汗がにじんだ。互角《ごかく》か、どちらに勝ち目があるのか、下郎とは思えないほどの構えに、善八は気を焦《あせ》らせた。

「ヤッ！」

善八が常平の胸元めがけて繰り出した槍のけら首（槍の穂の刃と中茎との間の部分）を、

「オウッ」

とわめいて払った常平の身体は、飛鳥のように飛びあがり、袈裟《けさ》がけに一刀を浴びせて水も堪《たま》らず血が曳《ひ》くと、善八は前のめりに打ち倒れた。

「どうだ！　彦坂」

常平は善八に馬乗りになり、血刀を咽喉《のど》にあてながら、立ち騒ぐ門弟の群れに視線を移した。

「こうなったからには相手は選ばない。やい、師匠を討《う》たれて悔《くや》しくないのか」

そう言いつつ善八へとどめの一刀を刺して立ち上がった。しかし門弟たちは誰一人

彦坂善八と常平の真剣勝負

として構える者もなく、善八の苦悶《くもん》を絞《しぼ》る生々しい血が流れるほかは、木の芽をほぐして吹く風が庭を通るだけであった。

「さあ、これで用が済んだ。遺恨《いこん》を残さないように、文句があるなら斬《き》って出ろ」

それに答える声もないので、常平は悠々《ゆうゆう》と泉水で血を洗って大手を振って門から出た。

「おお常平……無事であったか」

心配した顔で門前に立ちつくした庄之助は、我を忘れて返り血を浴びた常平に駆け寄った。

九　九死に一生

——正しきを踏んで憚《はばか》ることなかれ。先哲《せんてつ》の言葉はどんなときでも真実であった。もし不幸にも義理立ての犠牲《ぎせい》になったからといって、自分を欺《あざむ》き世の中を惑《まど》わし、したり顔の仮面を被れば世間の注目を集めて心地よいかもしれない。

しかし常平は男であった。男の意地によって相手の彦坂善八を討ち果たしたのは、彼にとっての勝負であり、その胸の鏡に一点も暗い影を落とすことはなかった。まして白昼堂々と名乗りかけての真剣勝負に、一藩の御指南番を斬って落とせる確かな腕。常平は逃げも隠れもせずに藩庁《はんちょう》へ自首した。

白州で申し開く常平

「貴様、下郎の分際《ぶんざい》で御指南番を手にかけた罪、ただでは済まされないぞ」

大袈裟《おおげさ》にも白州《しらす》（法廷）を開いた係の役人が真っ向から叱《しか》りつけると、常平は臆《おく》せず睨《にら》み返してから鼻の先でふっと嘲《あざけ》った。

「これはまた迷惑なお叱り。私《わたくし》風情《ふぜい》に討《う》たれるほどの者を、御指南番として高禄《こうろく》を遣《つか》っていたのは、すなわち御当家の恥辱《ちじょく》。そうお気づきになりませんか。下郎でも、御指南番でも、男の意地に差はありません。その意地の前に男を立てた私は、処罰はどうであろうとも、心に一点の曇りもありません。武士として、無法な刃《やいば》に喧嘩《けんか》の笠をひもといたのを咎《とが》めるのが御家風ならば、磔《はりつけ》でも牛裂きにでもしてください」

六尺という豊かな体格を姿勢正しく話す度胸《どきょう》には、役人たちも舌を巻いて二の句が継げなかった。

ひとまず牢屋に下げられて、欠け椀に湯を振る舞われているときも、常平は未練がましい顔をしなかった。さらには心地よさそうにいびきをかいて眠りはじめてしまった。

「オイ、若いの、ちょっと起きないか」

人の良さそうな年老いた牢番に呼びかけられて、常平はむくりと起きあがって胡座《あぐら》をかいた。

「ああ、せっかく夢を見ていたのに……なんじゃ。何か用か」

「眠いところを起こして悪かったのう。しかし一刻も早く聞かせてやりたい耳寄りの話があるのじゃ。ここまで来てくれんか」

「耳寄りの話？」

常平は不承不承《ふしょうぶしょう》に荒格子の端に進んだ。牢屋の庭には桜の花が雪のように散って、静かな昼の庭草にゆらゆらと陽炎《かげろう》が揺れていた。青く澄み渡った空には、なま暖かい風のあいだに雀《すずめ》の声が聞こえていた。

「それはそれは喜ばしいことだぞ。お前にとっては地獄に仏とはまさにこのこと。

命乞《いのちご》いの沙汰《さた》があると聞いたぞ」

「命乞い……それは誰から誰へじゃ？」

「桜井様から手を回したとやらで、幡随院《ばんずいいん》の上人様《しょうにんさま》が重ね重ねお殿様へ御哀訴《ごあいそ》されたそうじゃ。はじめはお殿様もお赦《ゆる》しにならんかったそうじゃが、お殿様は上人様を篤《あつ》く信仰しているので、とうとう拝み倒されて……というわけだそうじゃ。お前は明日にでも出牢《しゅつろう》と決まったそうじゃ。それをこっそり知らせに来たのじゃ」

「それは親切にかたじけない」

常平は我を忘れてにこりとした。この世への思いを捨てたこの身を拾われて、再び明るい風に吹かれる出牢が明日に控《ひか》えていると聞いては、嬉しくないはずがない。

「聞けばお前は浪人衆の胤《たね》で、腕前も確かであると聞く。早く主人を見つけて立派なお武家《ぶけ》になっておくれ」

牢番の老人は眼をしょぼつかせながらも、格子の外から常平の広い額を惚《ほ》れ惚《ぼ》れとのぞき込んだ。

「爺《じい》さん、俺は娑婆《しゃば》へ出ても二度と侍《さむらい》の真似はしないよ」

「エッ、しかし御家中《ごかちゅう》では、彦坂ほどのものを真正面から片づけた腕前は容易な業《わざ》ではない、といって大した評判になっておる。それほどの腕をもつなら、いくつも声がかかろうぞ。それとも郷里へ帰って鋤鍬《すきくわ》でも持つ気なのか？」

「いいや。俺には郷里はない。両親もなければ兄弟もいないんだ。何処《どこ》へ捨てるにしても気ままな体だ。幡随院への宿下がりも何かの因縁《いんねん》、人助けの店でも出そうかな」

「お前ほどの男が、坊主にでもなるのか」

「ははは、それでもいいかもしれない。無茶をしても野放《のばな》しにされ、ふんぞりかえる侍の足の下から、気の毒な弱いものを拾い歩く……これはおもしろい稼業《かぎょう》ではないか」

我が意を得たように微笑《ほほえ》む常平の意中は、老人には読み取れなかった。常平は老人と話し終えると、再びごろりと横になって、安心して昼寝をした。

父の伊織が臨終《りんじゅう》の枕辺《まくらべ》で、

「男の中の男になれ」

と言い残した言葉――それを思えば正札付《しょうふだつ》きの扶持米《ふちまい》に一生を飼われる武士では手足が伸ばせない。だからといって両刀は捨てたくない。ならば意地も刀の冴《さ》えも、武士に譲《ゆず》らない浪俠《ろうきょう》という心易《こころやす》いところに身を置こうと思い至ったのである。

不遇の父の後ろに隠れて、貧しい流離《さすら》いの旅を経験した彼は、幼少のころから世の権力者に虐《しいた》げられてきた忌《い》まわしい記憶が今も忘れられなかった。万石取りの旗本《はたもと》よりも、千町田の富者《ふしゃ》よりも、肝《きも》と意気地で男の面《つら》を立てて貫《つらぬ》いていこうという意志を胸に決めた。翌日、彼は牢を出て浅草幡随院の生き仏の手に引き取られた。

十　町奴として売り出す

常平は太い首筋を幡随院《ばんずいいん》の上人《しょうにん》の前にまげて丁寧《ていねい》に礼を述べた。上人は本多家の手前、髪を剃《そ》れと薦《すす》めたが、常平は、

「そのうち剃ります」

という返事だけ。一向に剃らないので、そのまま寺内に住まわせて心任せの日々を送らせることにした。

彼はその日限り、武家風俗を嫌って、髷《まげ》の刷毛先《はけさき》まで派手好みの伊達《だて》に仕上げた。常平《つねへい》と呼び慣れた名前さえも長兵衛《ちょうべえ》と改めて一本立ちの男となった。しばらくする

と長兵衛は上人に呼ばれた。

「これより先の長い世を、そなたは何をして渡るつもりじゃ」

手に数珠《じゅず》をかけた上人は、長い眉の下から暖かいまなざしで長兵衛を見ながら問いかけた。

「江戸中のあわれなもの、弱いものを拾って歩きます」

「それも慈悲《じひ》じゃ。さてその手段はどうするのじゃ」

「まっすぐな道を横に歩く無法な侍《さむらい》、人の嘆《なげ》きをみて喜ぶ奴を掃《は》き寄せて踏みつけます」

「それはおもしろかろう……だが、何を力にその宿願《しゅくがん》を果たすのかな」

「ただひとつの命、親譲りの圀光《くにみつ》、これよりほかは何も持ちません」

「おお、それでこそじゃ。このごろの噂《うわさ》によれば、水野、加賀爪、坂部という悪旗《はた》本《もと》が市中を荒らしておるそうじゃ。そなたの命を看板にこのような無法者に楯突《たてつ》こうというなら、およばずながら米と味噌は貢《みつ》ごう。思う存分やってくれ」

こうして長兵衛の町奴《まちやっこ》としての幕は開けた。

長兵衛は誰よりも目立つ格好をして、葉桜の大江戸を練り歩いた。芝居小屋ものぞき、湯女《ゆな》（湯屋にいた遊女）の酌《しゃく》で酒にも酔った。相手が誰であっても、弱いものをいじめる旗本浪人がいれば、自ら進んで喧嘩《けんか》を買ったが、一度も負けたことはなかった。

しだいに大小神祇組《だいしょうじんぎぐみ》、白柄組《しらつかぐみ》をはじめとする気性の荒い旗本奴《はたもとやっこ》を向こうへまわして、長兵衛は浅草組《あさくさぐみ》と呼ばれる町奴《まちやっこ》の仲間から親分と立てられた。

――大名旗本ばかりが赤い血の出る人間ではない。町奴にも骨がある。嘘と思うなら叩いてみろ。

まくり上げた両腕に力こぶを誇る子分には、夢市郎兵衛《ゆめのいちろべえ》、放駒四郎右衛門《はなれごましろうえもん》、唐犬《とうけん》権兵衛《ごんべえ》、三河屋弥吉《みかわややきち》、蝮治兵衛《まむしじへえ》などちゃきちゃきの面々であった。いずれも江戸に顔を知られた町奴たちが、若輩《じゃくはい》ながら長兵衛の人柄に惹《ひ》きつけられ集まってきた。そのころには幡随院は弱きものの隠れ家として、新しく江戸の名所に数えられるほどの評判になっていた。

なかには出入り屋敷への粗略《そりゃく》から、手討ちになるはずの商家の主人が駆け込んできたこともある。町内の若い衆が町道場の先生に追われて逃げ込んできたこともあった。そのたびに長兵衛は、相手にふさわしい子分を仲裁に立てた。それでも聞かないとなれば、

「男の意地、長兵衛が相手になろう」

と銀造りの一腰を差して出かけると、彼の実力を知るものは慌《あわ》てて話を丸くおさめて命拾いするのだった。

喧嘩《けんか》の仲裁だけでなく、長兵衛は子分たちを市中へ出して、困った人がいれば人知

れず銭《ぜに》や穀物《たべもの》を恵んでやった。このようにして長兵衛は宿望《しゅくぼう》を果たすため、着々と地盤を固めて弱者の味方である羽翼《うよく》を張り、凶暴な旗本奴に対抗しはじめた。

徳川時代の初期、鴨居の槍に血糊の匂《にお》いが残っている武蔵野では、江戸に住む人が増え、人であふれる軒端《のきば》伝いには、大名と旗本との睨《にら》み合いが絶えず行われていた。徳川家が三河にいたときからの因縁《いんねん》を楯《たて》に喧嘩を売ろうとする旗本奴も、あいてが大名だけに歯が立たないことが多く、やり場のない忌々《いまいま》しさを無遠慮《ぶえんりょ》に市井《しせい》へ向けることがあった。

旗本奴にとって百姓や町人は下駄の歯に鳴る石ころ同然であった。無礼討《ぶれいう》ちの犠牲になるものも多く、触《さわ》らぬ神に崇《たた》りなしと縮みあがっているのを見れば、人妻を奪う、財産を巻き上げるなど、野放《のばな》しにされていた。市井の人々が泣かされない日はないところへ、ぬくっと現れた長兵衛の男ぶりは、神さま、仏さまと大江戸中の人々か

若き日の幡随院長兵衛

ら賞賛された。

「まさかのときには幡随院の親分へお頼み申せ。長兵衛親分の後ろにいれば、指をさす者はいない」

これほどまでに思われて、慕《した》われて、長兵衛も嬉しくないはずはなかった。

「いいともさ。町の衆のためなら、生身でも削《そ》いでやるわ」

旗本奴が将軍家直参《じきさん》を笠に着るように、長兵衛は江戸市中の町人衆を後ろにかばって立ちはだかった。六尺の立派な体格、色白で苦《にが》み走った彼が、派手な模様の衣裳《いしょう》の裾《すそ》から毛脛《けずね》を出してのしのしと押し歩く姿を見ると、町の人々は足を止めて惚《ほ》れ惚《ぼ》れと見つめ、

「幡随院の親分が通るぜ」

と口々にはやし立てたといわれている。それも無理はない。長兵衛の存在のおかげ

で、自分たちが悪い旗本の怖い眼から逃れることが出来ると思えば、頼もしい味方の長兵衛、その日本一の男ぶりを褒《ほ》めそやすのは当然の人情であった。

十一　飛鳥山の月見

長兵衛の名は年を経《へ》るごとに高くなった。それにともなって、あちらこちらの大名屋敷から、お出入りを申し付けられ人足御用《にんそくごよう》を勤めるようになった。それにともなって長兵衛の生活が豊かになると、多くの人が集まってくるので幡随院《ばんずいいん》が手狭になり引き払うことになった。花川戸《はなかわど》（現在の雷門近く）に居を構えたが、世間からは依然《いぜん》として、

「幡随院の親分」

と呼ばれた。

ある年の秋の十五夜。長兵衛は内庭の縁の柱を背に、毛抜きで顎《あご》を清めていた。そこへ放駒四郎右衛門《はなれごましろうえもん》がふらっとやってきて、月見に誘った。

「親分、これから飛鳥山《あすかやま》へ月見へ出かけようと思いますが、出かけませんか」

「月見か。洒落《しゃれ》てるな。静かなところで虫の声を聞くのも格別だ。一緒にいこう」

長兵衛は子分を連れず、まだ陽のあるうちに二人だけで門を出た。郊外へ出ると稲刈りの時分、軒先の干し柿は霜に染まり、百舌《もず》鳥の鳴き声も心地よかった。やがて飛鳥山の茶屋に腰を下ろすと、盃《さかずき》を交《か》わしながら日が暮れるのを待った。芝や茅《かや》、葛《くず》の葉裏に啼《な》く虫の声は、今宵の月に風情を添えていた。

「ここのところ、急に茶屋が増えたようだな」

「月見の客を当て込んでのことでしょうよ」

なるほど、いつもは寂しい飛鳥山だが、秋風が通るここかしこに茶屋があり、月見をする客の姿があった。

飛鳥山の月見で

ほどなくして十五夜の月が登った。皓々《こうこう》と照る草に夜露がきらめき、虫の声と相まってわけもなく淋《さび》しくなるような月だった。この山に集まった人々が同じ月の光の下で思い思いに楽しんでいる雰囲気に、意地も張りもわすれた長兵衛はくつろいでいた。

「やいやい、待てやい」

突如としてとがった声が近くで聞こえ、五、六人の足音があたりの静けさを破り、ひとつの影を追ってきた。

「やい、痩《や》せ浪人め！　鞘《さや》を当てておいて黙って去るとは何事だ」

「親分に因縁《いんねん》をつけたのか。俺たちが相手になるぜ」

口々に浪人を罵《ののし》る男たちは誰が見ても無頼漢《ぶらいかん》（ならずもの）という風体だった。月を見ようと物見高い人々が集まってくるところで、はからずも注目を集めてしまった浪人は気弱そうに言った。

「因縁などつけてはいない。うっかりと月に見とれてぶつかってしまったのだ。無礼なことをして申し訳ない。許して下され」

「なんだと。月に見とれていただと。いい訳するんじゃねえ。喰《く》うや喰わずの浪人のくせに、月見なんてとんでもない。大方《おおかた》、こぼれ酒でも嗅《か》ぎに来たのだろう」

「やい。ただ許してくれと言っても勘弁できねえ。両手をついてわんと言え」

男たちの頭《かしら》と見える一人が唾《つば》を吐きかけようかというほどの雑言《ぞうごん》を、腰掛けたまま聞いていた放駒《はなれごま》は、月の光でその頭の横顔を見るや、長兵衛に、

「あいつは弾左衛門の子分で粂八《くめはち》というよくない野郎ですぜ。変な奴につかまって、あの侍は気の毒だ」

とささやいた。長兵衛は盃を置いて膝《ひざ》を立てた。

「そうか……弾左衛門の子分と聞いてはこのままにはしておけねえ。十五夜の月を

楽しむ茶屋を荒らし回る不埒《ふらち》な野郎。ちょうどよい、あの侍を助けてやろう」

そう言って長兵衛は立ち上がると、見物人の人垣をかきわけて喧嘩《けんか》の群れに近づいた。

「こやつら、ざわざわと騒々《そうぞう》しい。静かにしろ！」

何事かとふり返った二人の男を殴り飛ばした長兵衛は、後ろに下がって身構えた粂《くめ》八《はち》を睨《にら》みながら、浪人に声をかけた。

「お武家。あとはわしが片づける。かまわないでお行きなさい」

「まことに面目《めんもく》ない。御免《ごめん》」

後ろをふり返ることもなく一目散《いちもくさん》に浪人が立ち去ると、相手に逃げられた五人のものは見物客が見ている手前きまりが悪く、刀の柄《つか》へ手をかけて長兵衛に詰め寄った。

「余計《よけい》なことをしやがって。あの侍を逃がしたからにはお前が相手だ。尋常《じんじょう》に勝負しろ！」

「尋常に……はっはは。お前らごときに抜く刀は持っていない」

「な、なんだと！」

「ヤイ、粂八！　お前らこそ十五夜様に遠慮しろ。この顔をしっかり拝《おが》んでおけ。幡随院の長兵衛とは俺のことだ」

月の光を全身に浴びて、五人の前に立ちはだかった長兵衛の威勢に腰が砕けた五人は観念《かんねん》したようでその場に崩れ落ちた。

「親分とは知らず失礼をはたらいたこと、どうぞお助けください」

土に額を擦《す》りつけて詫《わ》び入る姿に、喧嘩の終わりを知った見物客はだんだんと月見の席に戻っていった。

「酒を飲みたければ、おとなしく家で飲め。人混みに出て恥を曝《さら》すんじゃねえ。ほら、酒代だ」

チャリーンと五人へ投げた小判の音を残して、長兵衛は茶店へ戻った。

「親分、どうしました」

放駒《はなれごま》がにこりと笑った。

「なあに。ゆっくり酒が飲みたいからさ」

と長兵衛も笑みを浮かべ、心静かに月を仰《あお》いだ。

十二　生まれ故郷へ

飛鳥山《あすかやま》からの帰り道、夜風が侘《わ》びしく更《ふ》けていた。

田んぼの草に露《つゆ》は濃く、虫の音は地面から湧《わ》くように足下《あしもと》の暗がりに満ちていた。

「なあ放駒《はなれごま》、こうして静かな夜道を歩くと、なんだか故郷へ帰ってみたいような気がするぜ」

「そうですな。親分の故郷は九州と聞きましたが……」

「そうだ。俺は幼少のころから親父に抱かれて方々《ほうぼう》を流れ歩いたんだ。生を受けたのは島原《しまばら》だが、上州の桐生《きりゅう》で大きくなった。母親の乳の味もろくに知らない。運の悪い男だ、はははは。機会があれば上州へも九州へも旅をしてみようと思っているのだ」

長兵衛ほどの男でも、昔に思いを馳《は》せることもあった。帰り道に、酒の酔いに誘《さそ》われてさまざまな昔話をしながら、月の明るい稲穂の風に吹かれて箕輪《みのわ》の田んぼにさしかかった。夜露にしめったあぜ道には塵《ちり》も舞わず、杜《もり》かげの祠《ほこら》の軒には、詣《まい》る人もいない鰐口《わにぐち》がカラカラと風に吹かれていた。

「親分、酔いがまわってきたようです。ちょっと川瀬《かわせ》で手拭いを絞《しぼ》ってきますから、どうぞ先に行ってください」

放駒は裾《すそ》をまくりあげ冷たい草をわけて川の岸へ降りた。長兵衛はゆっくりとした足取りで小道を進んだ。すると、がさがさっとススキの穂が白く揺れた。

「おやっ」

と気づいた長兵衛は、左手に刀の鯉口《こいぐち》を切りながら、同じ調子で歩き続けた。

「ヤッ！」

とわめいたかと思うと横から竹槍《たけやり》が繰り出された。長兵衛はそれをかわし、野太い声で敵を誘った。

「出て姿をみせろ！　粂八《くめはち》。この長兵衛は逃げも隠れもしねえぞ」

「ここで会ったが百年目だ。覚悟しろ！」

粂八の雄叫《おたけ》びとともに、手に竹槍や太刀、棍棒《こんぼう》を持った一四、五人があらわれ長兵衛にかかった。

「エイッ、こやつらめ。引導を渡してくれる」

長兵衛はギラリと胴光の鞘《さや》を払うと、まっさきに粂八を斬《き》って落とした。右に左にと四、五人を斬り伏せたところで、放駒も太刀を手に駆けつけた。頭の粂八を斬られた男たちは放駒の登場に戦う気持ちが折れたと見えて、蜘蛛《くも》の子を散らすように逃げて行った。

長兵衛と放駒は野川の水で手足を洗って花川戸へもどると、子分を粂八の親分である弾左衛門のところへ行かせ、

「粂八をはじめとする七、八人を斬ったのは長兵衛と放駒だ。恨《うら》みに持つようなことがあれば、いつでも持ち込んで来い」

と伝えた。

しかし弾左衛門からは何の申し出もなく、粂八たちの死骸《しがい》は親分の弾左衛門の手で土をかぶせられた。上役人《うわやくにん》にも粂八たちが斬られたことは伝わったが、粂八の日頃の悪事《あくじ》がなくなったことを好ましく思い、長兵衛と放駒には何のお咎《とが》めもなかった。

秋もふかまり霜月《しもつき》（陰暦一一月）となり、湯上がりの肌に吹く風が冷たく感じられるころとなった。長兵衛は故郷を懐《なつ》かしむ思いが日増しに強くなり、旅の支度をして上州は桐生の里を目指した。

中山道《なかせんどう》が春の草花でにぎわっていたころ――庄屋の一人息子の源三を討って江戸へ上った当時を思い起こし、男として一本立ちをした今の我が身を嬉しく思うとともに、生前の父と暮らした日々が懐かしく思い出された。

途中の茶店で妙義《みょうぎ》の紅葉《もみじ》が見頃だと聞いて、長兵衛はそこをめざした。束《たば》ねた桑に山風がざわめき、夕日に染まった雲が榛名《はるな》の谷にかかり、炭焼く煙は昔と変わらず細々と立ちのぼっていた。急いで飛んでいく渡り鳥についていくかのように、長兵衛もその歩を早めた。

妙義の宿屋に一泊すると、翌日は松井田、高崎と先を急いで、日が暮れるころには桐生の里に入った。庄屋の一家は追放され、広大な屋敷跡にはペンペン草が霜枯《しもが》れていた。我が手にかけた源三のために菩提寺へ行き永代経《えいたいきょう》の金を納め、自《みず》らその墓石に水を注《そそ》いでやった。

桐生は今も機場《はたば》として栄え、西山の麓《ふもと》にひびく機の音は懐かしく心躍《こころおど》るものであった。この土地の絹商人は絶《た》えず江戸へ往来するので、幡随院長兵衛の名を知らない者はいなかった。その長兵衛が、その昔この地に寺子屋を開いていた浪人の息子だとわかると、我先《われさき》にと千年の知己《ちき》を待つかのように酒を用意して家に招《まね》いた。このようにして長兵衛は桐生の里に四、五日滞在して旧友を訪《たず》ね歩いた。そして寺や神社へ寄《き》進《しん》した札《ふだ》を土産《みやげ》に、よい気分で桐生をあとにした。

十三　武士の魂《こころ》

長兵衛の戻りを待ちかねていた子分や兄弟分たちは、長兵衛が戻ってくると花川戸の宅へ集まり酒宴《しゅえん》を開いた。

「留守のあいだに何か変わった話はないか？」

気心の知れた仲間に囲まれ、我が家へ戻った実感がわいてきた長兵衛の口許《くちもと》には笑みがこぼれていた。

「親分、取り立ててお話しするほどのことでもありませんが、実は大音寺の門前に妙な者がおります」

そう切り出した唐犬《とうけん》権兵衛が左右を見まわすと、子分の二、三人がきまり悪そうに頭をかいた。

「兄貴、親分の前でつまらないことは言いっこなしでさ」

もじもじするのを興味深く眺めていた長兵衛は、早く話せというような眼で権兵衛を見た。

「そこできまりが悪そうにしている二、三人は手玉に取られたんです。隙《すき》のない者とみえて、寝ているあいだも油断することなく、菰《こも》の下に鉄の棒を置いているそうです」

唐犬《とうけん》の話によると、近頃、大音寺の門前にいる者の体格が見事だという噂がたったので、酔狂《すいきょう》な武士が新刀の試し斬りをしようと思い、斬りつけると菰の下から出した鉄の棒で跳ね返され、反対にその新刀を鞘《さや》ごと奪われてしまったとのことであった。

さらに、その噂を聞いた花川戸の子分が、暇をみて大音寺へ出かけてみたが、誰も彼も無雑作《むぞうさ》に取って投げられたというのである。

「ほほう。その者よほどの怪力《かいりき》と見えるな。唐犬も出かけたのか?」

「わしはまだ出かけていませんが、明日の晩にでもお供しましょうか」

「うむ。それも一興《いっきょう》だな」

翌日、長兵衛は外出もせずに、留守のあいだに滞《とどこお》っていたお出入《でいり》屋敷の仕事を指揮しながら、火鉢の前で夕餉《ゆうげ》の膳を引き寄せた。そこへ、唐犬《とうけん》権兵衛と釣鐘《つりがね》弥左衛門がやってきた。

長兵衛は更紗《さらさ》の頬冠《ほおかむ》りをすっぽりと被《かぶ》り、黄色い小袖を夜風に吹かせながら唐犬《とうけん》権兵衛と釣鐘《つりがね》弥左衛門と連れだって花川戸の宅を出た。

暗い夜道を進んで大音寺の門前近くに来ると、長兵衛はふたりに遅れて物陰に身を隠した。

「こいつだろう。いつも新しい菰《こも》をかぶっているということだから」

権兵衛は門前の暗がりにごろごろしているうちの一人を指さした。

「そうに違いない。ただの菰にしては分厚すぎる」

そう言うと弥左衛門も無雑作に近寄った。両人は眼と眼で合図をしながら、左右からじりじりと歩み寄った。

「起きろ、ヤイ、起きろ」

鋭い声で呼びかけたが、菰の下ではすやすやと心地よさそうに眠ったまま、身動きひとつしない。耳の付け根まで菰をかけて、道石を枕がわりに足を伸ばした髭男《ひげおとこ》は六尺はあろうかという大男。憎らしいまでに落ち着き払った寝姿を見ると、権兵衛は忌々《いまいま》し気《げ》に舌打ちした。

「たいした度胸だ。おい、起きねえか！」

下駄ばきのまま、菰の上から肩先をぐいっと踏むと、

「ううむ」

と唸《うな》って薄目を開けたが、まだ起きあがろうともせずに、ぎょろりと目を開け、横になったままである。

「菰お化け、起きあがらないか。わしの言うことが聞こえんのか！」

弥左衛門が怒鳴《どな》りつけると、ようやくむっくりとその身を起こした。

「へいへい。これはとんだご無礼をいたしました。たいそう遅いお参りですな」

「ふざけるな。こんな夜更《よふ》けにお参りする奴があるかい」

「これは恐れ入りました。お許し願います。ところで寝ているところを足蹴《あしげ》にしてまでのご用とは？」

「ほかでもない。貴様がどんな奴かを調べに来たのだ」

「さて、わたくしはご覧の通りのありさま。お調べを受けるような覚えはございませんが……」

「つべこべぬかすな。聞くところによると、貴様は菰を被って世間を欺《あざむ》く辻強盗《つじごうとう》と突き止めた。覚えがないなどとは言わせぬぞ」

左右から摑《つか》みかからんばかりの勢いで脅《おど》しかけると、大男はせせら笑いをした。

「辻強盗なら物を盗るはず。わたくしの命を取りに来た試し斬りのお武家《ぶけ》に痛い目を見せた覚えはあるが、塵《ちり》のひとつも無断で懐《ふところ》に入れたことはありません。あなた方のお眼鏡違《めがねちが》いではございませんか。言いがかりは迷惑です、どうぞおやめくださ い。ほかを当たって下さいませ」

そう言い終わると、ふたたびごろりと横になろうとする。弥左衛門の長脇差が暗闇に光った。

「覚悟しろ！」

血煙が立ったと思ったが、素早く剣先をかわした大男は、菰の下にあった鉄の棒を手に睨《にら》み返しながら構えた。それは鉄の棒ではなく、大剣《たいけん》であった。

「無礼者！　なぜ刃を向けるのだ。尋常に名を名乗れっ。望みとあれば伝来の一刀、切れ味を見せてくれるわ」

　その微塵《みじん》も隙《すき》のない態度を見た長兵衛は物陰から出てきて、

「釣鐘、もう十分だ」

と声をかけると、弥左衛門はぴたりと白刃を鞘《さや》に納めた。大男は油断することなく長兵衛を睨《にら》んだまま黙っている。長兵衛は頬冠《ほおかむ》りを取って丁寧にあいさつをした。

「わしは幡随院の長兵衛。思うところあって、仲間のものにわざと失礼をさせました。心配はいりません。どうやら訳ありのご様子。およばずながらご相談のお相手をしましょう。これから宅まで一緒に来てはもらえないでしょうか」

　長兵衛の物柔《ものやわ》らかく慈悲に満ちた言葉に、髭《ひげ》の大男も言葉を改めて、前へ進んだ。

「これは初めてお目にかかる。御名前はかねてより承知しております。大望《たいもう》あって身をやつす拙者《せっしゃ》に、力添え下さるとはこの上なき喜び。不躾《ぶしつけ》ながら御同道《ごどうどう》お願いします。子細《しさい》はのちほどゆっくりと申し上げます」

折り目正しい武家口上に、権兵衛も弥左衛門も心にもない無礼を詫びて、花川戸へ引きあげることになった。

長兵衛は深夜ではあったが風呂の用意をさせ、着替えに小袖をすすめたあとで、奥の一室に酒を暖めてもてなした。

果たして、この大男は何者であったのか？　問いかけられるままに語られた身の上話から、長兵衛はまた善根を施《ほどこ》すことができたのであった。

十四　朋輩のための仇討ち

「拙者《せっしゃ》の口から言うのもどうかと思いますが、父は森大内記《もりだいないき》家中《かちゅう》の三勇士と呼ばれた高木午之進《たかぎうまのしん》、拙者は高木午之助《うまのすけ》。朋友《ほうゆう》の義《ぎ》によって、仇討《あだう》ちの本懐《ほんかい》を果たすために菰《こも》を被《かぶ》っておりました」

氏《うじ》も素性《すじょう》もしっかりとした午之助の盟友に、名古屋三左衛門《なごやさんざえもん》という者がいた。三左衛門の父山三郎《さんさぶろう》が親しい仲の不破伴左衛門《ふわはんざえもん》に討ち果たされたので、三左衛門は午之助に助太刀《すけだち》を頼んで仇討ちに出たが、その途中、病《やまい》のため見知らぬ里で息を引き取った。午之助は朋友の義を重んじて伴左衛門を探しているのであった。

ことの顚末《てんまつ》を聞いた長兵衛は驚いた。

「それでは、貴君《あなた》の仇というのは不破伴左衛門だね。これは不思議なこともあるものだ」

腕を組んで考えこむ長兵衛の様子を見て、午之助は不審に思って膝を進めた。

「長兵衛殿、何か思い当たることでもあるのですか」

「いかにも……その伴左衛門は、以前、わしと懇意《こんい》にしていた者」

そのひと言に午之助は顔色を変えた。長兵衛が仇に繋がっていたとも知らず、大事を明かしてしまった不注意を悔《く》やみながら、事の成り行きによっては、腕に任せてこの場を切り抜けなければならないと気づき、すぐさま心を決めて大剣を引き寄せた。

「今宵の恩義は忘れません。しかし伴左衛門と懇意であったということでは、長兵衛殿も男。拙者をこのまま見逃さないでしょう。こうなったら運を天に任せ勝負いたします」

午之助は両目に血を注いで片膝を立てると、弥左衛門も権兵衛も盃を置いて血相を変えた。緊張した空気が張りつめる中でも、長兵衛は悠然《ゆうぜん》と胡座《あぐら》をかいたまま眉毛ひとつ動かさなかった。

「長兵衛は男一匹。懇意だからといって、その眼を曇らせるようなことはありません。まあまあ、お静かに」

「ということは、伴左衛門に荷担《かたん》しないというのですか」

「荷担？　ははは。筋のわかった悪玉に頼まれもしない力こぶは入れません。大名、町人、在家の衆、わしの眼に身分の上下はない。善悪の道を見極《みきわ》め、正しい道を踏み外《はず》さないつもりじゃ。ご安心ください」

「かたじけない。それほどの広いお心をお持ちだとは気づかずに構えた御無礼、平《ひら》に詫《わ》び入ります。……そこで、伴左衛門がいまどこにいるのか、ご存じですか」

「ずいぶん前に競《きお》い組《ぐみ》（勇み肌の連中）の仲間にいて、付き合いがあったが、ここ四、五年、江戸にはいない。……噂《うわさ》では伴斎軒《はんさいけん》と名乗って、安芸《あき》広島に道場を開いていると聞いたが」

「それを聞いて安堵《あんど》しました。明日にでもここを立って広島へ向かいましょう」

うち解けて盃がめぐると、弥左衛門も権兵衛も一緒に花川戸へ泊まった。


夜が明けると客人の枕元には脚絆草鞋《きゃはんわらじ》から旅の笠まで、旅の支度《したく》が整えられていた。この心遣《こころづか》いに午之助は涙をこぼして喜んだ。

「縁《えん》もゆかりもない拙者に、ここまでのお心添え、お礼の申し上げようもございません」

「何の何の。貴君《あなた》に由緒《ゆいしょ》はなくとも、正しい振る舞いを助けるのがわしの本願《ほんがん》。道中は気をつけて、首尾《しゅび》よく仇討ちされよ。これは寸志」

長兵衛から一五両もの小判までいただき、午之助は花川戸を出立《しゅったつ》した。午之助を見送った長兵衛は弥左衛門と権兵衛を振りかえって、晴れやかに笑った。

「世にいう縁《えん》とはわからないものだな。昨日まで大音寺の門前に寝ていた者が、今日は立派な侍《さむらい》になって仇討ちに出かけるとは。人間の値打ちは意地にある。友達のために菰《こも》を被ってまで仇討ちしようという了見《りょうけん》はたいしたものだ。見上げた侍だ。おたがいお手本にしたいものだな」

事に触れ時に応じて、長兵衛は子分に教訓を与えることを忘れなかった。これも長兵衛の亡き父、伊織からの教えを伝えるためでもあった。

長兵衛は子分に口止めをして、午之助の一件を隠していた。しかし、幡随院の俠《きょう》客《かく》たちは毎日市中を歩いては弱いものを助けたので、虐《しいた》げられた人々から長兵衛は慈悲深い仏《ほとけ》のように崇《あが》められていた。

長兵衛の評判が高くなればなるほど、旗本奴《はたもとやっこ》は肩身の狭い思いをして反感を募《つの》らせていった。

「町奴の分際《ぶんざい》で出来すぎた長兵衛め。子分の野郎ども、幡随院の者どもに出会ったらすぐに踏みつけろ」

千石、万石、三河武士の正統を看板に肩肘《かたひじ》を張る強がりものの旗本奴は、日増しに勢力を拡大する町奴を目の敵《かたき》にして、進んで喧嘩を売るようになった。これに対して長兵衛は、

「喧嘩を売られたら買え。筋の通らない喧嘩は売ってはならんぞ。旗本などという飾り道具をのさばらせては、江戸の衆の難儀《なんぎ》が絶えない。骨は俺が拾ってやるから、卑怯《ひきょう》なまねをして笑われるな」

と言いきかせて旗本奴と張り合った。旗本奴は喧嘩を買われた上に懲《こ》らしめられることも多く、そのたびに幡随院長兵衛の名を高めることになってしまった。

旗本奴との争いが増えるにつれて、長兵衛は、

「機会があれば旗本奴の頭目《とうもく》に会ってみたいものだ。そうなったら存分に度肝《どぎも》を抜いてくれよう」

と思っていると、ある年の夏、吉原《よしわら》の遊郭《ゆうかく》でその望みを叶《かな》えることができた。

十五　吉原の灯籠見物

夕風がそよそよと心地よく吹くころ、差しあたって用事もない長兵衛は子分も連れずに、ぶらりと吉原《よしわら》へ灯籠《とうろう》見物に出かけた。柳の奥の灯をめぐる三味線や太鼓の音に誘われて、素見《すけん》（ひやかし）の客がぞろぞろと続いていた。長兵衛は人目につくのを嫌って、目立たないように郭《くるわ》に入って仲之町《なかのちょう》の引手茶屋一文字屋《いちもんじや》の前にさしかかると、店先に華やかな毛氈《もうせん》を敷き並べ、涼しそうな行灯《あんどん》を据《す》えて酒肴《さけさかな》を散らかした大一座が人目を惹《ひ》いた。

「こんな客は誰だろう」

と人影もなくなったその場を眺《なが》めて思案していると、亭主の利八《りはち》がぽつんと一人で座り、煙管《きせる》をくわえて紫の輪を吹いていた。

「亭主、繁盛《はんじょう》しているようだな」

長兵衛がそう声をかけて通り過ぎようとすると、その姿を見た利八は長兵衛のところへ飛んで来た。

「これはこれは。親分さまでございますか。せっかくお見えになったのですから、一服召し上がって下さいませ」

娼妓《しょうぎ》（遊女）も並んで引き留めると、長兵衛は足を止めてにっこりと笑った。

「構ってくれるな。にぎやかな一座が来ているようじゃな」

「はい。水野の御前様でございます」

「水野、白柄組《しらつかぐみ》のか……もう帰られたのかな」

「いいえ。酒に飽きて近場を散策中ですので、間もなくお戻りなさいましょう」

「そうか。水野の御前がお客ならちょうど良い。わしもしばらく面倒をかけよう」

長兵衛はずいと上がると、すぐに帯を解いて筋骨隆々《きんこつりゅうりゅう》たる体軀《たいく》と黒々とした胸毛をあらわに素っ裸になった。傍《そば》にあった煙草盆《たばこぼん》を枕にして大の字になり、宴席の座の真ん中に寝ころんだ。

「もし、親分さま。そんなことをしたら、御前様がお帰りになったとき腹を立てます。どうぞ、あちらでお休み下さいませ」

利八が恐《おそ》る恐る声をかけ、揺《ゆ》り起こそうとしたが、長兵衛は相手にせず、

「心配するな。ここのほうが風通しがよいのだ。御前が帰ってきたら俺から挨拶《あいさつ》をする。そなたに迷惑はかけないから、構うな構うな」

そう言うといびきをかいて眠ってしまった。

一文字の亭主は青ざめた顔で狼狽《うろた》えた。その様子を見ていた素見《すけん》の客たちは、これはどうなることかと人垣をつくって口々にはやし立てた。

白柄組の宴席に、裸で寝る長兵衛

ほどなくして、ただ事ではないどよめきをかき分けて、派手な格好をした水野《みずの》十郎左衛門《じゅうろうざえもん》が七、八人の旗本を引き連れて戻ってきた。そこには宴席の真ん中で高いびきをかいて眠る大男の姿。血相を変えた十郎左衛門は、生きた心地もなく縮み上がる利八に向かって怒鳴った。

「亭主！　そこに寝ている奴は、どこの何奴《どいつ》だ」

「へい、誠に恐れ入ります。幡随院《ばんずいいん》の長兵衛親分でございます」

「何っ、長兵衛と言ったか」

十郎左衛門はじめ、旗本奴たちの眉がより一層つり上がった。しかし長兵衛はその騒ぎに気づいているのか、いないのか。なおもいびきをかいて、眠り込んだままであった。

十郎左衛門が戻ってきたことを聞きつけた人々が、さらに集まってきた。普段からそりの合わない旗本奴と町奴、双方の大物が遊郭で出くわしたとなればただでは済まない。固唾《かたず》を呑《の》んで見物する群衆を背に、十郎左衛門は気を取り直し、長兵衛の寝ている傍に座ると、近くの煙草盆を引き寄せ一服しはじめた。そのほかの旗本は万が一長兵衛が暴れ出したら切り捨てる覚悟で、手に刀の鯉口《こいぐち》を切って四方《しほう》を固めた。

騒ぎをよそに燭台《しょくだい》の明かりはゆっくりと揺れて、長兵衛の裸を照らしていた。十郎左衛門はゆっくりとした手つきで、銀延べの長煙管《ながぎせる》につめた真っ赤な吸い殻を、長兵衛の臍《へそ》の穴へぽんと落とした。

亭主や芸者は、

「あっ！」

と声をあげて驚いた。普通の客とは違って手軽に仲裁《ちゅうさい》に入ることもかなわない。どうなることかと思っているうちにも、十郎左衛門は二服、三服と立て続けに煙管を吹かすと、次々に臍の穴に落とした。臍からは細い煙が立ちのぼり、皮膚《ひふ》の焦《こ》げる臭《にお》いが漂《ただよ》った。

それでも長兵衛はまったく気にならない様子で、気持ちよくいびきをかいている。

その剛胆さに、さすがの十郎左衛門も手を止めた。

「さすがは、男の中の男と評判の者だ」

とつぶやきながら煙管を措《お》いた。

「長兵衛とやら、眼をさませ」

なおも、眠りこける長兵衛に旗本奴が声を荒げた。

「水野氏のお言葉じゃ！　さっさと起きないか」

この時はじめて、長兵衛は薄目を開けて、

「ううむ」

と体を伸ばした。

「とんだ失態をいたしました」

と言うと、長兵衛は起きあがり、すぐに脱いだ着物をつけ、帯の結び目をきちんとしてから、改めて両手をついて詫《わ》びを入れた。

「お歴々《れきれき》のお座敷とも知らずに、酔いつぶれてお邪魔してしまいました。お詫びのしようもございません」

腹の内では、もし詫びても許さず、成敗するなどと言われれば、逆手にとって一泡《ひとあわ》吹かせてやろうとたくらんでの詫びだった。しかし、十郎左衛門も世間に名の知れた白柄組の元締めというだけあって、その誘いには乗ってこなかった。

「そのような詫びを入れなくともよい。予《よ》は水野十郎左衛門じゃ、見知っておけ」

十六　旗本奴水野御前との出会い

「水野の御前でしたか。わしは長兵衛という町奴。頭の片隅にでも置いていただければ嬉しいことです」

「それほど謙遜《けんそん》することはあるまい。その方《ほう》の任侠《にんきょう》ぶり、以前から知っておる。顔を合わせたのも何かの縁、盃《さかずき》を取らせよう。これ亭主、二階で準備をさせよ」

「その儀はご容赦《ようしゃ》願います。後日あらためて御挨拶《ごあいさつ》にうかがいますので」

「あはは。逃げるな逃げるな。堅苦しいことは抜きにして、同席いたせ。何も捕《と》って喰《く》おうとは言っていないぞ」

こうなってしまっては、長兵衛も退《ひ》くに退けなくなった。誘《さそ》われるままに二階の座敷へゆくと、見事な酒と肴《さかな》が揃《そろ》えてあった。上座に落ち着いた水野は、機嫌よく長兵衛に盃をくれた。それに続いてほかの旗本たちからも、雨のように盃が降った。この酒に長兵衛も快《こころよ》く酔った。

「このようなことを申し上げては失礼でございますが、わしからお礼の寸志を差し上げたいとおもいます。この長兵衛の身に適《かな》う品があれば、何なりと申しつけくださいませ」

「ほほう。それは殊勝《しゅしょう》なことを。予は冷麦《ひやむぎ》が好物じゃ。ご馳走《ちそう》になろうかのう」

「お易《やす》い御用です。すぐに用意して参ります」

そう言い残して長兵衛が中座したあとで、水野は一座の旗本と顔を見合わせて、にいっと歯を見せ、

「奴《やっ》が冷麦を持参したら、外にいる見物客に振る舞ってやれ。その人数の多さに冷

麦が足りなくなって、奴は一晩中かけて冷麦を買ってくることになる。その姿を肴《さかな》に飲み明かそう」

と言って大笑いした。

変わったことを喜ぶのが白柄組《しらつかぐみ》の好むところであった。酒の肴には蛇の蒲焼き、毛虫の和《あ》え物などを喜び、下手物食《げてものぐ》いに飽《あ》きると火桶の炭でもかじりながら酒を飲もうとする連中だから、このくらいの難題《なんだい》はすぐに思いついた。

長兵衛は十郎左衛門の悪だくみを露《つゆ》とも知らなかったが、そこで正直に冷麦を買ってくるほどの器量ではない。長兵衛が一文字屋《いちもんじ》の店から出ると、どこから聞きつけたのか、三〇人ほどの子分が集まっていた。

「親分、何があったのですか」

場合によっては斬り込むことも厭《いと》わないといった、子分たちの頼もしさに、長兵衛は片頬《かたほほ》をあげた。

「水野の一座が冷麦を食いたいというので、注文しに出てきたのだ」

「へえ、冷麦を。それならわざわざ親分が出かけなさらずとも、茶屋のものに言いつければ済みますのに」

「馬鹿を言うな。おれも幡随院の長兵衛だ。五つや一〇の冷麦の注文のために下駄《げた》を履いたのではない。お前たち、片っ端から蕎麦《そば》屋を探して、俺からの注文だと言って一軒に一両ずつ投げ込んで来い」

合点承知《がってんしょうち》と意気込んで四方にわかれた子分たちは、浅草はもとより下谷《したや》、千住《せんじゅ》の果てまで蕎麦屋を探して走りまわった。蕎麦屋を見つけると、

「幡随院の親分の注文だ。冷麦を一両分、仲之町の一文字屋まで届けてくれ。急ぎで頼むぜ」

と次々に頼みまわった。この気前の良い注文に、我先《われさき》にと蕎麦屋が冷麦を運んできた。合わせて六〇数軒の蕎麦屋が、提灯《ちょうちん》を下げて一文字屋の軒先《のきさき》に集まってくる光景は

「どうやら冷麦が揃ったようです」
と長兵衛（左）が、水野十郎左衛門（右）の計略の裏をかいた

壮観《そうかん》であった。長兵衛は落ち着いた口調で、

「どうやら冷麦が揃《そろ》ったようです。召し上がって下さいませ」

と言うと、裏をかかれて苦々《にがにが》しく思う十郎左衛門は、興《きょう》ざめた顔で席を立った。

「せっかくだが、腹を悪くしたので欲しくない」

十郎左衛門に続いて気後《きおく》れした旗本たちも二階を降りた。その後ろ姿を長兵衛は愛想《あいそう》よく、

「表に積んだ冷麦は、水野の御前のお振る舞いじゃ。郭《くるわ》のうちへ分けてやれ」

と送り出したが、十郎左衛門は迷惑そうに袖を払って立ち去った。そのあと、長兵衛は子分たちを一文字屋へ呼びあげて、酒宴を開いて飲み明かした。

この評判はあっという間に市中《しちゅう》へ広がり、長兵衛の名声はさらに高まった。十郎左衛門は怒り心頭《しんとう》といった様子で仲間と話していた。

「いま市中を騒がせている噂話《うわさばなし》は、長兵衛が子分のものに広げさせているに違いな

い。そのままにしておいては我々の面目《めんぼく》がない。この意趣《いしゅ》（恨み）は晴らさなくてはいかんぞ」

そう決意して、恨《うら》みを返す機会をうかがっていたが、ただ月日だけが過ぎていった。

ある日のこと、十郎左衛門は若党《わかとう》（若い侍）の黒平《くろへい》を供《とも》に連れて出かけた。山下の広徳寺《こうとくじ》にさしかかると、向こうから俠客風《きょうかくふう》の大男が大手を振って歩いてきた。

「殿様。あそこから来るのが長兵衛の身内で、仁田の仁兵衛《にへえ》という町奴でございます」

「なに、長兵衛の身内だと」

十郎左衛門は久しぶりに聞く長兵衛の名前に、以前の遺恨《いこん》が思い起こされ、怒りがこみ上げてきた。

「黒平、あいつを通すな」

お互いが近づいた出会い頭《がしら》に、黒平はわざと仁兵衛の前に立ちふさがって、

「おい町人、殿様のお通りの邪魔だ。端《はし》へ寄れ、ヤイ」

そう言って仁兵衛の肩を摑《つか》んだ。力自慢の仁兵衛は慌《あわ》てる様子もなく、仁王立ちのまま十郎左衛門を睨《にら》んだ。

「殿様。ふふふ、冷麦の殿様か。天下の往来《おうらい》はお前らばかりが歩くところじゃない。邪魔になるなら、よけて通れ」

十七　町奴と水野の喧嘩

売られた喧嘩は買う意気地の仁兵衛《にへえ》は、水野の若党黒平《くろへい》が押し込もうと手に力を入れたのを、逆にはね返した。

「ヤイ、気をつけろとは何だ。二本の足で歩く人間が往来《おうらい》でぶつかるのは不思議ではない。侍《さむらい》だけが歩く道でもできないかぎり、お前らに大きな顔をさせないぞ」

場所は下谷《したや》広徳寺の門前である。騒ぎに気づいた人たちが興味津々といった目つきで人垣をつくった。

「見ろ、仁田の仁兵衛親分だ。相手は水野だぜ。こいつは見物《みもの》だ」

紋所《もんどころ》から水野と知った群衆は、手に汗握って事の成り行きを見守った。

黒平も旗本奴に眼をかけられるほどの者だけあって肝《きも》が据《す》わっていた。大勢の手前だからといってひるむ様子もない。さらには主人十郎左衛門の指示を受けての喧嘩とあって、全身に気力をみなぎらせていた。

「黙れ奴《やっこ》！　人を見て道理を説け。お旦那をどなたと思って、そのような無礼な口をきくか。目を見開いて御紋《ごもん》を拝《おが》め」

「わははは、俺は染屋の者ではないぞ。つまらない小紋の詮索《せんさく》などしない。ついでだから名乗ってしまってはどうだ」

「聞きたいなら聞かせてやろう。お旦那は三河以来のお家柄《いえがら》、水野十郎左衛門様だ」

「ふうむ。噂《うわさ》に高い悪旗本の水野とやら。そう聞いては、なおのこと道は譲《ゆず》れない。邪魔になるならどかしてみろ」

嘲笑《ちょうしょう》を浴《あ》びせる仁兵衛に対し、黒平は頭に血がのぼって殴りかかった。

「なにをしやがる！」

怪力の仁兵衛はその一打をよけると、拳《こぶし》を固めて黒平を殴り倒した。黒平はその一撃にもめげずに起きあがって飛びかかったが、仁兵衛は造作《ぞうさ》もなく黒平を摑《つか》むと、広徳寺前の溝《どぶ》の中へ真っ逆さまに投げ込んだ。勝負ありと見た見物人は、どっと湧《わ》きあがった。

十郎左衛門がものも言わずに剣の柄《つか》へ手をかけると、仁兵衛はその肘《ひじ》を押さえて力任せに突き戻した。

「白刃《しらは》のお振る舞いなら、この次までお預けしておきましょう」

そう言い残すと仁兵衛は歩を進めはじめた。その後ろ姿をきっと睨《にら》んだ十郎左衛門は、溝《どぶ》から這い出してくる黒平に向かって、

「黒平、あとから来い！」

と言い捨てて、その場から立ち去った。

怪力の仁兵衛、黒平を投げる

この噂もたちまち江戸中に広がった。長兵衛もその噂を聞いて小気味よく思ったが、仁兵衛を呼んで注意した。

「真っ昼間から恥を曝《さら》しては、あやつらの恨《うら》みを買うというものだ。お前は日頃から無頓着《むとんちゃく》だが、これからは少し気をつけて歩けよ」

長兵衛の言葉に仁兵衛も得心して、しばらくのあいだは気をつけたが、日を追うごとに注意も薄れて大手を振って歩くようになった。しばらくは何事も起きずに、その年も秋になった。


仁兵衛が山の手に朋友《ほうゆう》を訪ねると、ちょうど市ケ谷の八幡境内《はちまんけいだい》で相撲《すもう》があるという。そこで一緒に見物に出かけた。偶然にも十郎左衛門が白柄組《しらつかぐみ》の四天王と黒平を連れそって、忍び姿で相撲場に陣取っていた。すると目敏《めざと》く黒平が仁兵衛を見つけて、十郎左衛門に耳打ちをした。

「あやつは、いつか広徳寺門前で無礼をはたらいた町奴。ここであったが百年目、帰路で待ち伏せして成敗しましょう」

仁兵衛を睨《にら》みながら頷《うなず》いた十郎左衛門を見て、黒平は勢いづいて、四天王に告げた。

「金時《きんとき》、綱《つな》、お主《ぬし》たちもよく覚えておけ。あやつが長兵衛の身内、仁田の仁兵衛という奴だ」

水野主従に狙《ねら》われているとは気がつかない仁兵衛は、土俵の勝負を肴《さかな》に仲間と酒を酌《く》み交《か》わした。

仁兵衛は相撲が終わってもすぐ帰ろうとせずに、近くの芝居の茶屋で夜が更《ふ》けるまで酒宴をした。陽気な仁兵衛の行く先を探り続けたのは、若党の黒平であった。そのころ十郎左衛門は、四天王を従えて待ち伏せしていた。

心持ちよく酔った仁兵衛は足どりが覚束《おぼつか》なくなるほどだったが、わざと駕籠《かご》には乗らずに歩き出した。酔いで火照《ほて》った体に夜風が気持ちよく吹いてくる。

仁兵衛は小唄をくちずさみながら、よろよろと九段坂を降りていった。黒平は別の道を通って、示し合わせておいた護持院の木陰《こかげ》へと急いだ。

十八　鶴の一声

「黒平か？」

「ヘイ、野郎は大酒を食らって千鳥足。もうすぐここへやって来ます」

「うむ。今宵は逃さぬぞ」

十郎左衛門をはじめ一同が、鯉口《こいぐち》を切って待ちかまえているとも知らず、仁兵衛は大手を振って護持院の門前を通り過ぎようとした。満月にほど近い月夜の晩、静まりかえった夜風のなかには寂しく鳴く梟《ふくろう》の声だけが響いた。

「奴《やっこ》、待て！」

仁兵衛、水野十郎左衛門主従に斬られる

急に呼び止められてぎょっとする仁兵衛の前後に、すばやく四、五人の人影が立ちはだかった。

「ややっ、お前は……水野だな」

と言い終わるか終わらないかのうちに、十郎左衛門が振り下ろした一刀に仁兵衛は斬られた。

「不意打ちとは卑怯《ひきょう》なことを……無念だ」

手足をばたつかせてもがき苦しむ仁兵衛に、水野主従は散々に斬《き》って、人目につかないうちに引きあげた。変わり果てた仁兵衛の死骸《しがい》は冷たい路上に横たわり、夜が明けるころに発見された。

この事件が花川戸に聞こえると、長兵衛は帯を締め直して現場へ駆けつけた。その後ろからは多くの子分が続いた。

仁兵衛が流した血によって門前の土の色が変わっていた。仁兵衛の死骸を遠巻きに

見ていた人たちが長兵衛に気づき、

「親分がやってきた」

とざわめくのにも気をとめず、長兵衛は亡骸《なきがら》に掛けられた荒菰《あらこも》を摑《つか》んでぐいっと引きあげた。その顔は最期《さいご》の無念さを思わせる形相で、血の気もなく青ざめていた。

「おお、仁兵衛！　お前《めえ》をこんな姿にした奴は、俺の黒い目で睨《にら》んでおいた。悔《くや》しいだろうが、迷わずに成仏《じょうぶつ》してくれ。この恨《うら》みはきっと晴らしてやるからな」

やさしくわが子に対するかのように語りかける長兵衛の眼には、はらはらと涙があふれていた。その長兵衛の後ろ姿に多くの子分は、

「この親分のためなら、いつ死んでもいい」

と思い、口々に念仏を唱えながら泣くのであった。

長兵衛は仁兵衛の亡骸《なきがら》を寺へ送って、懇《ねんご》ろに仏事を営んだ。その帰り道、唐犬《とうけん》権兵

衛はじめ主立《おもだ》った侠客《きょうかく》たちは、長兵衛に復讐《ふくしゅう》を薦《すす》めた。

「水野ほどのものが、証拠《しょうこ》がないなどと言って退《ひ》くこともありますまい。これから皆で押しかけて、鍔《つば》の割れるまでやっつけてやりましょう」

いきり立った子分たちは血走った眼で長兵衛の言葉を待った。しかし長兵衛は懐手《ふところで》のまま静かに歩を進め、その話には乗ってこなかった。

「まあ、待て。そんな算盤《そろばん》が合わない喧嘩《けんか》は売るものじゃない」

予想を裏切られた権兵衛は、腹の虫がおさまらないといった様子で、

「親分。変なことは言わないでくださいな。算盤ずくで喧嘩するなんて……」

「それがなぜ変なのだ。当たり前のことじゃないか」

長兵衛は不機嫌な顔つきになって、ぎろりと一同を見まわした。

「……でも親分。おいらは男の面目を立てるためには命を捨てる覚悟だが、損得《そんとく》だけで喧嘩はしないつもりだ」

負けん気の強い唐犬権兵衛が、その広い肩を揺《ゆ》りあげて食《く》い下がると、長兵衛はふっと笑った。

「これだから手がつけられない、まさに唐犬とはよく言ったものだ。よくよく考えてみろ。仁兵衛のことはもちろんかわいそうに思う。しかし、仁兵衛一人の恨《うら》みを晴らすために、こんなにも大勢が命を捨てたのでは算盤《そろばん》が合わない、と言っているのだ。

喧嘩を売られたからといって、小口の取り立てに、大勢で押しかけていくことはあるまい。帳面《ちょうめん》につけておけ。そのうち、清算《せいさん》する時がやって来る。その時にまとめてけりをつけても遅くはあるまい。目先のことばかり追ってけちけちしていると、足下《あしもと》を見られるぞ」

鶴《つる》の一声《ひとこえ》とはまさにこのこと。黙って聞いていた子分たちは、なるほどと納得して気づかれないように拳《こぶし》の力を抜いた。

この一件からもわかるように、長兵衛はどんなときでも軽率に行動することはなかった。また、声を荒げるのは、身を投げ出して生死の境に男を立てる場合に限られていた。集団の上に立つ者には、このような精神が無くてはならない。

この頃を境《さかい》に、旗本奴と町奴の睨《にら》み合いはますます烈《はげ》しくなった。さすがに水野十郎左衛門はお高くとまって仁兵衛の話などしなかったが、白柄組《しらつかぐみ》にかかわりのある若い侍《さむらい》たちは聞こえよがしに、

「町奴は意気地がない」

と罵《ののし》り、言いふらした。このままでは旗本奴の言いたい放題で、町奴の肩身が狭い。長兵衛が予言した通り、この雲行きを一掃《いっそう》すべき絶好の機会がやってきた。

十九　芝居小屋騒動

長兵衛は男を売る稼業柄《かぎょうがら》、役者への義理で芝居を見物することが多かった。頻繁《ひんぱん》に芝居小屋へ出かけるうちに芝居が好きになった。

寒さが本格的になってきた霜月のある日、長兵衛は二、三人の子分を連れて用事を済ませた帰りに、ぶらりと木挽町《こびきちょう》の河原崎座《かわらざきざ》をのぞいた。急な長兵衛の見物でも、一座からしてみれば土産の祝儀《しゅうぎ》をおろそかにしない大切な客、大いに歓迎された。案内された東の桟敷《さじき》に腰を据《す》えると、あふれんばかりに詰《つ》めかけた多くの客は舞台をよそに、世に名高い長兵衛の伊達姿《だてすがた》を見ようと首を伸ばした。

華やかな舞台には赤々とした蠟燭《ろうそく》が連なり、色彩豊かな絵襖《えぶすま》を背景に舞う役者の顔が人形のように動いた。

長兵衛の元へは酒も肴《さかな》も、次から次へとやって来た。すっかりくつろいで楽しんでいると、子分の一人が声を潜《ひそ》めて耳打ちした。

「親分、水野が来ていますぜ」

水野の名を聞けば、さすがの長兵衛も心穏やかではいられなかった。

「どこだ……」

子分の指《ゆび》さすほうをじっと見ると、西の桟敷《さじき》に華やかな大一座が陣取っていた。白柄組《しらつかぐみ》の四天王の面々はもとより、派手好みの旗本たちが肩肘《かたひじ》を張って（威張《いば》って）朱塗《しゅぬ》りの盃《さかずき》を酌《く》み交《か》わしているのが目に入った。

東桟敷の長兵衛と西の桟敷の水野とは、旗本奴と町奴の競《せ》り合いを代表するかのように、いやが上にも注目を集めた。

長兵衛は水野の姿をその目で確かめると、黙って酒を飲み続けていた。楽屋で打ち込む太鼓の音を皮切りに芝居は始まったが、誰も彼もが幡随院の長兵衛と水野十郎左衛門の鉢合わせに、何か事が起こるのではないかと肝《きも》を冷やしながらざわめいていた。

その様子を気にも留《と》めずに長兵衛は酒を飲み続けた。水野の徒党《ととう》は長兵衛を見逃してはならないと意気込んでいた。桟敷の緊張が高まってくると、長兵衛の陣取っている東の桟敷に、唐犬《とうけん》権兵衛をはじめとする親分格の侠客《きょうかく》がぞろぞろと入ってきた。

「唐犬たちか。揃《そろ》って芝居見物とは、珍しいな」

長兵衛が盃をさすと、権兵衛は立ったまま、

「親分が水野とここで出くわしたと聞いたので、近くにいた者を連れて来ました。ここ最近、水野の一党が大きな顔をしているのが目に余るので癪《しゃく》に障《さわ》るんでさ。下手に煽《あお》ってきたら、やり返してしまいましょう」

唐犬たちはすぐにでも喧嘩を買おうと鼻息荒くして来たのだが、長兵衛は悠然《ゆうぜん》として動かなかった。

「見物衆《けんぶつしゅう》が楽しんでいるのに、がやがや騒いでは気の毒だ。俺に考えがあるから、任せておけ」

そう言うと、唐犬たちを桟敷に座らせた。

芝居の幕が閉まると、長兵衛はすっと立った。

「親分、どこへお出でなさるんです」

と驚いた子分が尋ねると、

「ちょっと、水野のところへ行ってくる。お前たちは静かにしていろよ」

と言い残すと、衣紋を正して水野の桟敷へ挨拶《あいさつ》に行ってしまった。以前の吉原《よしわら》で対面した時の失礼を兼ねて、平素の無沙汰《ぶさた》を詫びると、十郎左衛門は大勢の人の手前、わ

幡随院長兵衛（左）と水野十郎左衛門（右）

ざとらしく身を反《そ》らせて盃をさしながら、

「長兵衛、その方の桟敷に町奴の者が押し並んでいるようだ。予から何か肴《さかな》を与えたい、何がよいかの」

じろり、じろりと見た。その受け答えに、四天王はじめ他の旗本も威勢を張ったまま、長兵衛が何を望むのか聞き耳を立てた。

水野の申し出に対し、すぐさま長兵衛はその意図《いと》を読んだ。――吉原で冷麦を振舞った一件に当てつけての申し出であろう。それならば、こちらにも考えがある。迂《う》闊《かつ》に選ぶよりも、先方に任せた上で、臨機《りんき》の措置《そち》で鼻を明かしてやろう。少しのあいだに考えをまとめると、おおげさに頭を下げた。

「思《おぼ》し召《め》しありがとうございます。お言葉に甘えます。何でもいただける品物は遠《えん》慮《りょ》せずにいただきます」

「そうか……では蕎麦《そば》などはどうじゃ。この者たちを蕎麦屋へ走らせよう」

「これはまた結構なものを。異存はございません。ありがたく頂戴《ちょうだい》いたします」

長兵衛は盃を返して自分の桟敷に引き取ると、すぐさま唐犬に何やらささやいた。

「ふふふ。それはおもしろい。さっそく奴等《やつら》を行かせましょう」

唐犬権兵衛は長兵衛にお供していた子分から、紫のひもでくくった皮袋《かわぶくろ》を受け取って桟敷を出た。

長兵衛は普段から、金銀を入れた皮袋を子分に持たせて歩いていた。それは金《かね》が無くて男が立てられないためだけではなく、道すがらに哀《あわ》れな人がいると聞けば、心ばかりの恵みの雨を降らせるためでもあった。

二十　急な腹痛

唐犬《とうけん》たち親分格は、水野の桟敷に気づかれないようにそっと立つと、芝居小屋のあちこちに散らばらせた子分の者に何やらささやいた。子分たちはその手に金銀を渡されると、すぐに外へ走り出した。しばらくして唐犬は何食《なにく》わぬ顔で長兵衛の桟敷《さじき》へ戻った。

「すっかり手配しました。どれどれ、あいつらの間抜け面《づら》を肴《さかな》に飲み直すとしましょう」

長兵衛は黙って自ら皆に酌《しゃく》をしてやりながら、落ち着いた様子で舞台へ眼を向けた。水野の桟敷では四天王の金時《きんとき》を筆頭に三、四人が桟敷を立って小屋を出る姿が見えた。

芝居は進み、贔屓《ひいき》の名を染めた贈り幕がいくたびか動いて、見物の歓楽《かんらく》は絶頂に達した。その歓声とは対照的に、水野だけは不愉快《ふゆかい》そうな顔をして苛立《いらだ》っていた。そして、脇に控《ひか》える若党《わかとう》の黒平《くろへい》に向かって、

「金時はどうしたのだ。ほかの者も遅いではないか。ええい、役に立たない奴等《やつら》じゃ」

と苛立ちをぶつけて、盃を重ねた。殺気を帯びたその顔に怯《おび》える黒平は、

「間もなく戻ってきましょう。いまはそれよりも狂言を楽しんではいかがでしょう。見せ場が近づいております」

と言って落ち着かせようとするが、十郎左衛門は、

「狂言など見たくもない。お前の顔も見たくない。下がっておれ」
と癇癪《かんしゃく》を起こして青筋《あおすじ》を立てた。

水野は長兵衛に蕎麦を振る舞うと約束すると、持ち合わせの六〇両を金時をはじめとする三、四人の者に配り、町々の蕎麦屋へ走らせた。そこで蕎麦を大量に注文して長兵衛の前へ積んで困らせ、吉原の冷麦《ひやむぎ》の一件の腹いせをしようと目論《もくろ》んだのだ。しかし、長兵衛も黙って見ているような無骨《ぶこつ》ものではなかった。彼はそれを逆手にとるだけの策をとって、町奴の意地を貫《つらぬ》こうとした。

時は進んで、桟敷も土間も狂言のおもしろさを語りながら、幕間の酒や茶を飲み、思い思いに話し込んでにぎやかだった。なかでも町奴の桟敷が落ち着き払っているのに反して、水野の桟敷はそわそわと落ち着きがなかった。しびれを切らした水野は、

「もう、このままでは埒《らち》が明かん。この上は予が……」

と今にも自分で蕎麦を買いに出かけようかという剣幕《けんまく》であった。お供《とも》の面々はどうなることかと手に汗を握《にぎ》っているところへ、四天王の一人で水野がもっとも信頼する金時を先頭に、くたびれた様子の手下たちがぞろぞろと戻ってきた。

「お前ら、どこをふらついていたのだ。足を折ったのか？　迷子になったのか？」

「決して怠《なま》けていたのではありません」

金時が肩をすぼめて平伏《ひれふ》すと、水野は拳《こぶし》で大剣の鍔《つば》をバシッと鳴らした。

「いいわけなどするな！　ところで頼んだ一件は、手筈《てはず》が済んだのであろうな」

「それが……面目《めんぼく》もございません」

「ややっ、予の面《つら》に泥を塗《ぬ》るのか」

水野は顔を赤くして怒りに体を震えさせ、片膝を立てた。話を聞いていた周囲の旗本や仲間も、驚きと怒りで血走った眼を金時に集めた。

「御成敗《ごせいばい》を恐れて言い訳《わけ》をするのではありません。……つまりは、殿様が長兵衛に出し抜かれたのでございます」

「黙れ、なぜ予が長兵衛ごときに」

「こちらの動きを読まれていたのです。殿様より仰《おお》せつかった我等《われら》は、足が棒になるほど走って、蕎麦屋という蕎麦屋を探しました。しかし、二〇軒、三〇軒と蕎麦屋を見つけても、申し合わせたかのように行灯《あんどん》を外《はず》して商売休み。そのわけは品切れ、売り切れだと口々に言いました」

「そんな馬鹿《ばか》な。広い江戸に星の数ほどあろうかという蕎麦屋が、すべて売り切れだと。そのようなことを真《ま》に受けて、のこのこと帰ってきたのか、たわけ者めっ」

「これは厳しいお言葉。拙者《せっしゃ》も殿様の息のかかった金時でございます。怪《あや》しいと感じ、蕎麦屋の主人の首根《くびね》を押さえて問い質《ただ》したところ、長兵衛の子分たちが一軒に一両ずつ小判を渡して、店終《みせじま》いさせていたことがわかりました。悔《くや》しいけれど、開いてる蕎麦屋は江戸に一軒も無いと悟ったのです。お殿様もお待ちかねかと思い、すぐに戻ってきた次第《しだい》でございます」

金時の報告を聞くと、旗本桟敷の一同は呆気《あっけ》にとられてしまった。そのなかで水野ただ一人が酔いも覚め、

「またしても、憎い奴め」

と歯をかんだ。とはいっても、家や身分を投げ出してでも争《あらそ》うような問題ではない。さらには先方の長兵衛から望んだ肴ではなく、こちらから、

「蕎麦《そば》を振る舞おう」

と言い出したのだから、なんとも情けなく立つ瀬がない。どうしたものかと思案に暮れていると、それを待ってましたとばかりに、桟敷の後ろからどかどかと大勢の足音が聞こえた。

「失礼ながら水野の殿様までお取り次ぎ願います。折角《せっかく》の下《くだ》されものなので、長兵

衛が罷《まか》り出るべきではございますが、酒に酔っての訪問は却《かえ》って失礼に当たるとのこと、唐犬《とうけん》権兵衛が代理で罷り出ました」

小気味《こきみ》よいほどに悪びれない舌の強さに、水野は堪《たま》らずに座を立った。

「予は急に腹が痛むので帰る。長兵衛へもよしなに伝えておけ」

歩を進めようとする水野を、権兵衛は引き留めた。

「ちょっとお待ち下さいませ。わしは代理のもの、御約束は殿様と長兵衛とのこと。そういうことであれば、お帰りのついでに直接、長兵衛へおっしゃってくださいませ」

「なにっ、予に直《じか》に長兵衛へ断りを言えと申すのか」

「身分は身分、約束は約束でございます。男の歩く道は一筋と存じます」

青ざめた水野はその場に立ちすくんだ。その騒ぎをよそに、東の桟敷に長兵衛の姿はもうなかった。

二十一　長兵衛の壮絶な最期

水野十郎左衛門と長兵衛のあいだには、深い恨《うら》みが生まれ、遺恨《いこん》は増幅していった。水野をはじめとする旗本奴《はたもとやっこ》たちは、自分たちの振る舞いを反省することもなく、怒りの矛先《ほこさき》を長兵衛ただひとりに向けた。

「あいつさえいなくなれば、我等《われら》の天下じゃ。さて、どうやって長兵衛を仕留《しと》めようか」

秘《ひそ》かに策を練《ね》った結果、改めて、水野から浅草花川戸（現在の浅草雷門の近く）の長兵衛のところへ、使者を立てることにした。水野の命を受けて、用人頭《ようにんがしら》（家老）の保昌《やすまさ》

庄左衛門《しょうざえもん》が手下《てした》を連れて長兵衛を訪ね、

「主人が申しますに、立場は違ってもお互いに任俠《にんきょう》を尊《とうと》ぶ気持ちは同じ。これまでのことは水に流し、水魚《すいぎょ》の交《まじ》わりを続けるため、盃《さかずき》を交《か》わし、旗本奴と町奴の和睦《わぼく》をはかりたい、と申しておる。いかがであろうか」

と言う。長兵衛が保昌庄左衛門の顔を見据えながら、無言のまま大きく頷《うなず》くのを見て、さらに、

「主人の水野十郎左衛門はご存知の通り、天下の旗本にして白柄組の首領。けっして表裏のある者ではござらぬ。先の芝居小屋での遺恨なども毛頭ない。そこで、野酒《やしゅ》を酌み交わし、満開の藤の花の下で、交わりを堅くしたいので、是非《ぜひ》とも明日午後、屋敷までお出向《でむ》きを願いたい、との主人の仰せである」

と申し入れた。長兵衛は黙って聞き、その場で承諾《しょうだく》した。腹の中ではこの申し出が、これまでのいざこざを本当に和解するためのものであるかどうか、迷うものはあっ

た。謀略の気配も感じられる。しかし、申し出を拒絶しなかった。町奴としての面子《めんつ》がそれを許さなかったからである。

使いの保昌庄左衛門が去ると、唐犬権兵衛や放駒四郎兵衛などの兄弟分や、子分たちは口々に反対し、

「親分、それはいけねぇ」

「このこと水野の邸《やしき》へ行くのは、飛んで火に入る夏の虫ですぜ」

「必ず水野の企《たくら》みがあってのこと。今からでも遅くはありません、きっぱり断《ことわ》ってくだせい」

と諫《いさ》めたが、長兵衛は頑《がん》として聞き入れなかった。

「謀《はかりごと》があるだろうことは百も承知だ。だが、ここで断ったとなれば、おれ一人の恥じゃねえ。町奴は思いのほか腰抜けだ、などと吹聴されたら、江戸中の町奴の顔が立たなくなる」

と聞く耳を持たない。平素から子分たちに、

「死ぬべき時に死ねねえのは、死にまさる恥だ。生き恥をさらすようなことは、やるんじゃねえ」

と説教していた言葉通り、男の意地を貫《つらぬ》こうとする長兵衛を、誰も止めることはできなかった。不服《ふふく》そうに見つめる子分たちに向かって、

「相手は不埒《ふらち》な者といっても直参旗本、俺は男を看板にする町人だ。相手にとって不足はない。後々のことは頼んだぞ」

と諭《さと》すように言った。


翌卯月《うづき》（旧暦四月）一〇日、長兵衛は約束通り、浅草花川戸の家から身ひとつで、悠々《ゆうゆう》と牛込御門《うしごめごもん》内の水野の屋敷（今の飯田橋駅の牛込口南側）へ出かけた。唐犬権兵衛や放駒四郎兵衛などの兄弟分はもちろん、子分たちも見え隠れにあとを追おうとした

が、長兵衛は堅く制して、ついてくるのを許さなかった。旧暦では卯月から夏に入り、古来、四月一日に宮中や江戸城の更衣《ころもがえ》が行われる。歩くと汗ばむ時節であった。

水野十郎左衛門の邸《やしき》では白柄組の四天王のほかに、配下の旗本奴も集まり、長兵衛が来るのを、手ぐすね引いて待ち構えていた。約束の時刻に一人の子分も連れずに、単身で乗り込んできた長兵衛は圧倒する迫力であった。急激に、水野邸に緊迫が高まった。打合せ通りに長兵衛を邸内に案内し、座敷でまずお茶と菓子を勧め、丁寧《ていねい》にもてなす。長兵衛は油断なく四方に気を配る。

やがて、別室に酒肴《しゅこう》の準備が始まると、主人の水野十郎左衛門が姿を見せて、

「先ごろの芝居小屋では急に腹が痛くなって失礼した。世間の噂《うわさ》では白柄組が打って出るだの、町奴がこのままでは済まさないなどと、血なまぐさい話になっていると聞く。が、私にはそんなことはどうでもよいこと。見事に咲いた藤の花でも眺めながら、男と男の盃《さかずき》を汲《く》み交わし、これまでのことは水に流そう」

と鷹揚《おうよう》に挨拶《あいさつ》をした。さらに、

「もし、武士になりたいと望むなら、この水野家に召し抱えたいと思うが……」

と付け加えたあと、四天王の一人金時金左衛門を呼び、今後互いに遺恨なきよう仲裁した。長兵衛は、

「拙者《せっしゃ》のような者には恐《おそ》れ多いお言葉。ありがたき幸せに存じます」

とていねいに謝辞を述べた。さすがは旗本奴と町奴の首魁《しゅかい》同士の対座である。共に貫禄と威厳にあふれ、表向《おもてむ》きの言葉の和《なご》やかさの裏に張りつめた両者の意地が見え、互いに一歩も引かない気迫が伝わってくる。

水野十郎左衛門は長兵衛に、

「汗もかかれたであろう。酒宴の前に、ゆるりと汗を流されるがよい」

と入浴を勧《すす》めた。長兵衛は水野の謀《はかりごと》の一つと覚悟を固め、湯屋に向かった。庭には酒菰《さかこも》が敷かれている。長兵衛は、

「何を恐れてか、湯殿まで刀を持ち込んだぜ」

と冷笑されるのを見越して、湯屋に入る寸前に、酒菰の下に刀を隠した。

やがて、湯殿からジャブジャブと桶で湯水を流す音がくり返し聞こえた。水野の家来二人が頃合いをはかって、秘かに湯殿を覗《のぞ》くと、長兵衛は空湯《からゆ》を使い、寸分のスキもなく静かな笑いをもらしていた。

湯水の音だけを響かせ、油断はしていなかったのだ。家来たちは第一の計略の湯殿での殺害を断念した。二人の刺客が遠ざかる気配に、長兵衛は素早く湯船につかったのだった。

長兵衛は悠然《ゆうぜん》と部屋に戻る。なにごともなかったように、庭に咲く満開の藤の花を眺め、酒宴が開かれた。まず、水野と長兵衛が酒を酌《く》みかわし、二人の献杯がくりかえされると、座の緊張がゆるみ、心なしか華やぎの気配に包まれる。

旗本奴と町奴の首魁《しゅかい》同士が腹を割り、積年の遺恨を洗い流し、肝胆相照《かんたんあいて》らす仲になるかのような雰囲気さえ、ただよい始めた。

そのとき、宴席に白柄組の四天王、綱《つな》が七合入りの大盃《おおさかずき》を取り出してきた。酒がなみなみと注がれると、まず昨日使いに来た家老の保昌庄左衛門が一気に飲み干し、長兵衛に大盃を渡す。長兵衛も一気に飲み干した。大盃は長兵衛と旗本たちの間を相互に行き交う。水野たちの第二の計略《けいりゃく》で、長兵衛に大酒を飲ませ、酩酊《めいてい》したところで一気に片をつけようというものであった。

長兵衛ひとりの盃に対して、数一〇名から、

「さあさあ、私からも一献《いっこん》」

と次々に来られては、さすがの長兵衛も次第に酔ってきた。目の前の大盃を持つのも大儀《たいぎ》になり、左右から、

「もっともっと、どうぞ」

と迫《せま》ってくる旗本たちからの酌《しゃく》を、やむなく辞退したとき、四天王の一人が熱燗《あつかん》入り

の徳利《とくり》を、長兵衛めがけて投げつけた。徳利が長兵衛の眉間《みけん》に当たって床に落ちたのを合図に、まわりの者が一斉《いっせい》に斬りかかった。

それまで、座しての酒宴に長兵衛は隙《すき》を見せなかった。しかし、前後不覚になるほど酔わされた上に多勢《たぜい》に無勢《ぶぜい》である。斬りかかった第一陣の二、三人は打ち倒したものの、一気に酔いも回り、息もあがる。熱燗の酒が流れて両眼に入り、思わず身を引いた。

このとき、物陰から秘《ひそ》かにこの様子を眺めていた水野が、間合いを詰めて一太刀を浴《あ》びせた。左の頬から顎を切り裂かれ、長兵衛はがっくりと膝をつく。すかさず水野勢は四方八方から槍で突き、太刀《たち》で五体を裂《さ》く。長兵衛は絶命した。壮絶な最期《さいご》であった。

水野たちは長兵衛の死体を古い筵《むしろ》に包み、闇夜《やみよ》に紛《まぎ》れて牛込門から門外に運び出

長兵衛の死体を囲んで

し、少しさかのぼって神田川（当時は江戸川）に投げ捨てた。敵とはいえ武士の情《なさ》けのかけらもないその扱《あつか》いに、いかに水野たちが長兵衛を憎んでいたかがわかろうというものである。

長兵衛の留守宅では一同で夜を徹して待っていた。隅田川を渡る風が湿り気を帯び、遠く近く聞こえる寺の鐘の音に、気持ちが沈む。家の中の陰鬱な気配を打ち払うために外に出ると、上弦の月が雲間に浮かんでいる。

一睡もせずに朝を迎え、夕暮れになっても、長兵衛は帰らない。

「やっぱり謀《はか》られたか……」

時間が止まったかのような長い夜。そして三日目の朝を迎えた。

「小石川隆慶橋のたもとに、親分らしい死体が浮かんでいる」

と知らせが入った。子分たち一同が駆けつけ、長兵衛の変わり果てた姿を駕籠に乗せ、花川戸の屋敷に運んだ。僧侶を呼び菩提を弔った。五人の坊さんが経をあげ、導師が引導文を読みはじめた。長兵衛の度胸と男気の条文《くだり》に入ると放駒の大きな上体が揺れた。唐犬の体も同じように激しく揺れた。そして若い衆の嗚咽《おえつ》のざわめきが、引導文をかき消し、男泣きのうねりが天にも届くほどの慟哭《どうこく》と化した。仏も涙したのか、大粒の雨が降り出し周囲《あたり》一面を洗い流すかのように清めた。

長兵衛は真新しい手甲《てっこう》、脚絆《きゃはん》をつけて、死出の旅に出た。三六歳の男盛りであった。

その後、長兵衛の子分や兄弟分《きょうだいぶん》たちは、

「水野の嘘っぱちの計略で殺された親分の仕返しは、必ず果たす」

と心に誓い、事あるごとに水野とその子分に因縁をつけ、喧嘩を繰り返した。

次第に、騒ぎが大きくなり、江戸近郊にまで尾ひれがついて噂が広がっていった。

こうなっては公儀《こうぎ》も放っておけなくなり、喧嘩両成敗《けんかりょうせいばい》の断が下《くだ》った。水野十郎左衛門以下は切腹《せっぷく》、町奴たちにも厳重《げんじゅう》な処分がなされた。幡随院長兵衛の一代の任侠《にんきょう》とその太く短い人生は、惜《お》しまれながら、満開の大輪の花の散り際《ぎわ》のごとく、見事に潔《いさぎよ》く幕を閉じたのである。

（完）

巻末特集

幡随院長兵衛の人気

幡随院長兵衛の人気の秘密

歌舞伎は江戸文化の華《はな》の一つです。いつの時代でも、助六や勧進帳の義経と弁慶など歌舞伎の主役たちが人気を集めます。なかでも、侠客幡随院長兵衛の人気は群を抜いています。どこに人気の秘密があるのでしょう？

徳川幕府の成立により、長い戦国の世が終わり、天下太平の安定した世を迎えます。幕府は儒教の教えの「忠・孝」を指導原理として、士農工商の身分や、長幼の序、男女の位置付けなど、精神的秩序の確立をはかりました。

主従というタテの関係と、近隣・地縁というヨコの関係が共存し、先例や古格を守り、それぞれの分に応じて生きる世界が定着します。この調和を重んじる社会では、

「他人の顔をつぶさない」

「他人に迷惑をかけない」

▲ 江戸時代後期に、歌川国芳が描いた幡随院長兵衛。

「自分の本分を守る」ことが基本です。安易な転居や転業を嫌い、一見《いちげん》よりも、昔ながらのおなじみが最高の信用となります。こうした精神的秩序を背景に、歌舞伎や人形浄瑠璃など、江戸の芝居の主人公（善人）は、

「他人のために尽くす人」

「他人のために生命を捨てられる人」

が好んで描かれました。反対に悪人は、

「自分のことしか考えない人」

「他人に迷惑をかける人」

です。社会的には悪に違いない「泥棒・盗人《ぬすっと》」でも、盗んだ銭を貧乏人に配るのであれば、

「他人のために尽くす賊＝義賊」

と認め、観客はヤンヤの喝采を送りました。

幡随院長兵衛が活躍した時代には、白柄組の水野十郎左衛門などの「旗本奴」が江戸市中を我が物顔で闊歩《かっぽ》し、町人や百姓に難癖《なんくせ》をつけ、乱暴をはたらいていました。まさに、

「自分のことしか考えない人」

「他人に迷惑をかける人」

の典型です。長兵衛は「町奴」の頭領として旗本奴に立ち向かいます。

大正時代のアンケートでも人気第一

かつて村松梢風編『騒人』が特集「侠客奇談号」（大正一五年一一月刊）を発刊するに当たって、当時の著名人一五〇名に往復ハガキを出し、

「あなたの好きな侠客は、誰ですか？」

とのアンケートを呼びかけました。佐佐木信綱、巌谷小波、土岐善麿、賀川豊彦、水谷八重子、長

谷川伸など五七名の回答が寄せられ、

①　幡随院長兵衛　　一六人
②　国定忠治　　九人
③　清水次郎長　　五人

の順でした。忠治や次郎長をおさえて幡随院長兵衛が第一位です。好きな侠客として幡随院長兵衛の名をあげたのち、「水野の邸へ（一人で）行くあたりが特に好きです」（平山蘆江・都新聞記者、作家）とコメントを寄せている人もおりました。

行けば殺されるのを知りながら、一人で乗り込む長兵衛の姿に、時代を越えての人気の秘密があるようです。

浅草花川戸から牛込の水野邸まで

幡随院長兵衛の名前は、刃傷沙汰を起こして入牢したとき、浅草幡随院の住職に救われ、幡随院裏に住むようになったことに由来しています。

その幡随院は、徳川家康が幕府を開くに当たり浄土宗総本山知恩院の第三三世住持・幡随意《ばんずいい》を開山として招聘し、江戸神田（現・千代田区神田駿河台）に創建した寺です。諸堂を整え、徳川家祈願所として歴代将軍の帰依を受け、のちには浄土宗十八檀林（学問所・大学）が置かれました。

江戸初期の神田川開削工事により、下谷池之端に移り、さらに浅草に移転し、本堂・開山堂や学寮四〇余を構えたといいます。昭和一五年に東京都小金井市に移りました。

「町奴」を束《たば》ねる幡随院長兵衛の名が上がるにつれて、「旗本奴」との対立が激化し、江戸市中

▼幡随院長兵衛の最期

の各所で激突しました。「旗本奴」の頭領白柄組の水野十郎左衛門は奸計《かんけい》をめぐらし、

「立場は違っても任俠の思いは同じ。これまでを水に流し、庭の藤を見ながら酒を飲もう」

と、手打ちの宴席を申し入れます。長兵衛は、

「謀《はかりごと》があるだろうことは百も承知だ。だが、ここで断ったらおれ一人の恥じゃねえ。江戸中の町奴の顔が立たなくなる」

と言って、独りで出かけます。浅草から、上野、湯島、本郷、水道橋、飯田橋と約八キロの道をたどり、水野邸に乗り込みました。

水野邸で殺される

水野十郎左衛門の屋敷は牛込御門内にありました。現在の神楽坂上の袋町「日本出版クラブ」周

▲水野邸の風呂場で長兵衛を襲う水野十郎左衛門

辺といわれています。

藤の花が満開の季節です。勧められるままに風呂で道中の汗を流したあと、宴席でしたたかに酒を献杯され、大勢の手で殺されました。歌舞伎や映画では風呂場での殺害が人気の名場面ですが、後代に工夫された演出のようです。

長兵衛の死体は夜陰にまぎれて、牛込門から門外に運び出され、神田川（江戸川）に投げ込まれました。発見されたのは隆慶橋近くだったといわれています。

幡随院長兵衛が殺されてから七四年後の、享保一六年四月の大火で一帯は焼きつくされ、水野邸は火除地《ひよけち》として召し上げられ、幕府初の新暦調御用所（天文屋敷）が設けられます。そののち昭和二〇年の大空襲で神楽坂一帯はすべて焼失。昭和

▲源空寺にある幡随院長兵衛（左）と妻（右）の墓

▶源空寺（台東区東上野）

◀水野十郎左衛門の墓

三〇年に日本出版クラブ用地となりました。

長兵衛の死体が発見されたという隆慶橋は真上を首都高速道路が通り、近くに飯田橋の入り口があります。完全に上部を高速道路におおわれて昼なお暗く、神田川の流れもよどんで見えました。

幡随院長兵衛と水野十郎左衛門の墓

幡随院長兵衛の墓は、浅草に近い東京都台東区東上野六丁目の源空寺にあります。舟型光背の地蔵菩薩立像のお墓です。

源空寺は浄土宗の開祖法然上人源空の名にちなむお寺で、江戸時代に活躍した有名人の墓が多く祀られています。幡随院長兵衛のほかに寛政暦を作った天文学者高橋至時や、その弟子で日本初の実測図を完成した伊能忠敬、江戸末期の文人画家谷文晁などです。

一方、水野十郎左衛門の墓は東京都中野区上高田の曹洞宗萬昌院功運寺にあります。当寺には小説家林芙美子や初代歌川豊国、忠臣蔵で有名な吉《き》良《ら》義央《よしひさ》（上野介《こうずけのすけ》）の墓などがあります。（文責・割田剛雄）

著者紹介

平井晩村（一八八四―一九一九）

明治時代の日本の詩人・小説家。民謡詩人として多くの作品を残した。出身。本名は駒次郎。

一八八四年、群馬県前橋市に生まれる。

群馬県立前橋中学校（群馬県立前橋高等学校）中退。早稲田大学高等師範部国漢科を経て、報知新聞記者となる。

一九一五年『野葡萄』を上梓。

一九一九年三五歳で死去。その死後、詩集『麦笛』が刊行される。

二〇一一年一一月『国定忠治』（義と仁叢書1）発行。

義と仁叢書3

幡《ばん》随《ずい》院《いん》長《ちょう》兵衛《べえ》

平成二四年八月二〇日　初版第一刷発行

著　者　平井晩村

発行者　佐藤今朝夫

発行所　株式会社　国書刊行会

〒一七四―〇〇五六

東京都板橋区志村一―一三―一五

TEL　〇三（五九七〇）七四二一

FAX　〇三（五九七〇）七四二七

http://www.kokusho.co.jp

印　刷　株式会社エーヴィスシステムズ

製　本　株式会社ブックアート

落丁本・乱丁本はお取替え致します。

ISBN 978-4-336-05405-0